El Libro de Oro
de Saint Germain

El Libro de Oro
de Saint Germain

Grupo Editorial Tomo, S. A. de C. V.
Nicolás San Juan 1043
03100 México, D. F.

1a. edición, junio 1998.
2a. edición, enero 1999.
3a. edición, enero 2001.
4a. edición, marzo 2002.
5a. edición, febrero 2003.
6a. edición, agosto 2004.
7a. edición, julio 2005.

© *El Libro de Oro de Saint Germain*

© 2005, Grupo Editorial Tomo, S.A. de C.V.
Nicolás San Juan 1043, Col. Del Valle
03100 México, D.F.
Tels. 5575-6615, 5575-8701 y 5575-0186
Fax. 5575-6695
http://www.grupotomo.com.mx
ISBN: 970-666-053-4
Miembro de la Cámara Nacional
de la Industria Editorial No 2961

Diseño de portada: Emigdio Guevara
Diseño tipográfico: Felipe Ramírez
Supervisor de producción: Leonardo Figueroa

Impreso en México - *Printed in Mexico*

<u>Autorización para divulgación</u>

En forma contraria a lo que se ha venido afirmando respecto a que el Maestro Saint Germain ha dejado una prohibición a la divulgación de sus enseñanzas, tenemos el agrado de remitir al estudiante el Capítulo No. 29, tercer párrafo, que dice textualmente:

"YO APRECIARÉ PROFUNDAMENTE TODA LA ASISTENCIA QUE LOS ESTUDIANTES BAJO ESTA RADIACIÓN PUEDAN DAR PARA QUE LOS LIBROS SEAN EDITADOS Y PUESTOS ANTE LA HUMANIDAD, YA QUE ESTE ES EL MÁS GRANDE SERVICIO QUE SE PUEDE OFRECER EN ESTE MOMENTO".

Saint Germain

Contenido

Capítulo I

*L*a Vida, y sus actividades, dondequiera que se manifieste, es Dios en Acción. Por falta de conocimientos en la forma de aplicar el pensamiento-sentimiento, es que los humanos le interrumpen el paso a la Esencia de la Vida. De no ser por esta razón, la Vida expresaría toda su perfección con naturalidad y en todos lados.

La tendencia natural de la Vida es Amor, Paz, Belleza, Armonía y Opulencia. A ella le es indiferente quién la use y continuamente está surgiendo para manifestar de más en más su perfección, y siempre con ese impulso vivificador que le es inherente.

"YO SOY"

"YO SOY", es la Vida activa. ¡Es extraño que los estudiantes más sinceros no siempre llegan a captar el significado verdadero de estas dos palabras!

Cuando dices: "YO SOY", sintiéndolo, abres la fuente de la Vida Eterna para que corra sin obstáculos a lo largo de su curso; en otras palabras, le abres la puerta ancha a su flujo natural. Cuando dices: "Yo no Soy", cierras la puerta en plena cara a esta Magna Energía.

"YO SOY", es la plena actividad de Dios. Te he colocado frente a frente infinidad de veces a la Verdad de "Dios en Acción". Quiero que comprendas que la primera expresión de todo ser individualizado en cualquier parte del Universo, ya sea en pensamiento, sentimiento o palabra, es "YO SOY" reconociendo su propia Victoriosa Divinidad.

El estudiante, al tratar de comprender y aplicar estas potentes, aunque sencillas leyes, tiene que mantener una guardia estricta sobre su pensamiento y expresión, ya que cada vez que uno piensa o dice "no Soy", "no puedo" o "no tengo" está ahorcando la Magna Presencia Interior, consciente o inconscientemente y en forma tan tangible como si se colocaran las manos alrededor del cuello de alguien; sólo que con respecto a una forma exterior el pensamiento puede hacer que la mano lo suelte en cualquier momento, mientras que cuando uno hace una declaración de no ser, no poder o no tener, se pone en movimiento la energía ilimitada que continúa actuando hasta que uno mismo la detiene y transmuta la acción.

Esto te mostrará el enorme poder que tú tienes para calificar, determinar u ordenar la forma en que quieres que actúe la gran energía de Dios. Te digo, amado estudiante, que la dinamita es menos peligrosa. Una carga de dinamita sólo desintegrará tu cuerpo; mientras que los pensamientos ignorantes lanzados sin control ni gobierno, te atan a la rueda de la reencarnación indefinidamente,[1] o sea que, mientras dure un decreto sin detener, sin transmutar o disolver, continúa imperando *per secula seculorum,* ¡y por disposición del propio individuo!

Por esto verás cuán importante es que tú sepas lo que estás haciendo cuando usas expresiones incorrectas, no pensadas, ya que estarás empleando el más potente y Divino Principio de Actividad en el Universo, o sea, el "YO SOY".

No comprendas mal. No se trata de una idea oriental, extranjera, vana, liviana ni de ninguna exageración. Se trata, ni más ni menos que del más alto Principio de Vida expresado a través de todas las civilizaciones que hayan existido. Recuerda que lo primero que toda forma de vida consciente de sí misma expresa, es: "YO SOY". Es mucho más que "yo existo". Es después en su contacto con lo exterior, con actividades incorrectamente calificadas, que él comienza a aceptar cosas menores que "YO SOY".

Ahora ves, amado discípulo que cuando tú dices: "Yo estoy enfermo", estás invirtiendo deliberadamente la perfección natural que encierra el proceso vital. ¿No ves que lo estás bautizando con algo ajeno que jamás poseyó?

A través de largas centurias de ignorancia e incomprensión, la humanidad ha cargado con falsedad e irrealidad hasta la atmósfera que la rodea, pues no tengo que repetirte que cuando tú anuncias "estoy enfermo", es una mentira flagrante respecto a la Divinidad. ¡Ella (YO) jamás puede ser sino Perfecta y llena de Vida y Salud!

---

[1] La humanidad debe ser informada de que los habitantes de las ciudades mueren y reencarnan en el mismo sitio muchas veces, porque han formado ligaduras que los atraen de nuevo al mismo ambiente. El estudiante que tiene que reencarnar debe dar la siguiente orden: "La próxima vez naceré en una familia de gran luz". Esto les abrirá la puerta con gran rapidez en su progreso.

Te pido, estudiante amado, en el nombre de Dios, no emplear esas expresiones falsas respecto a tu Divinidad, pues es imposible que tengas libertad mientras continúes usándolas. No podré jamás insistir demasiado contigo en que cuando verdaderamente reconozcas y aceptes la Magna Presencia de Dios "YO SOY" en tu interior, positiva y categóricamente, *no tendrás más condiciones adversas.*

En nombre de Dios te imploro que cada vez que comiences a decir o a comentar que estás enfermo, pobre, o en otras situaciones adversas, instantáneamente inviertas la condición fatal para tu progreso, y declares mentalmente, pero con toda la intensidad de tu "YO SOY", ya que Él es todo salud, opulencia, felicidad, paz y perfección. Cesa de darles poder a las condiciones exteriores, a personas, lugares y cosas. El "YO SOY" es el poder de reconocer la perfección en cada uno y en todas partes.

Cuando piensas en la expresión "YO SOY", significa que *tú ya sabes* que tienes a Dios en Acción expresando en tu vida. No permitas que las falsas apreciaciones y expresiones continúen gobernándote y limitándote. Rememora constantemente "YO SOY", *por consiguiente soy Dios en Acción;* "YO SOY" *Vida, Opulencia, Verdad, manifestadas ya.*

Así, recordándote esta Presencia Invencible, mantienes la puerta abierta para que Él (la Presencia "YO SOY") teja en tu manifestación exterior toda su Perfección.

Por Dios; no debes creer que puedes continuar usando decretos errados y que de alguna manera se van a enderezar y vas a manifestar cosas buenas, porque es imposible que eso suceda. En los hatos usan hierros para marcar con fuego a las reses. ¡Yo quisiera poder marcarte con un hierro que te fijara en la consciencia "YO SOY", y que no pudieras apartarte del uso constante de esa Presencia Grande y Gloriosa que eres tú!

En cuanto cualquier condición menos perfecta aparezca en tu experiencia, declara vehemente que no es verdad. Que tú aceptas sólo a Dios, la Perfección, en tu vida. Cada vez que aceptes las falsas apariencias, las tendrás expresadas y manifestadas en tu vida y tus experiencias. Y no se trata de que tú creas o no lo que te estoy diciendo. Esto es una Ley. Comprobada a través de siglos de experiencia. Hoy te la entregamos para liberarte.

Tú sabes que al mundo occidental le gusta engañarse con la idea de que le basta con no creer o no aceptar la antigua idea oriental de la brujería, para estar liberado de ella. *La brujería no es otra cosa que el mal uso de los poderes espirituales,* los mismísimos que usamos para el bien. La peor clase de brujería se emplea hoy en la política, con el uso del poder mental *mal calificado.* Si esta misma tremenda fuerza fuera empleada en sentido inverso, o sea, para recordar que la Acción de Dios está en cada persona que ocupa un puesto oficial, el que la emplea en esta forma no solamente se liberaría él mismo, sinó que llenaría el mundo político de libertad y justicia y viviríamos pronto en un mundo natural en donde la Acción de Dios sería imperante en todo momento.

Como lo fue en Egipto lo es hoy. Aquellos que usan el poder mental, se atan ellos mismos a la inarmonía, encarnación tras encarnación. Hazte tú el propósito: *Yo no acepto ni adopto condiciones del ambiente ajeno ni de nada de lo que me rodea. Sólo de Dios, del bien, de mi "YO SOY".*

Necesitas adquirir el hábito de gobernar tu energía. Si no siéntate varias veces al día y aquiétate. Aquieta tu ser exterior. Esto permite que se te supla con energía. Aprende a ordenarla y controlarla. Si quieres que ella (tu energía) esté quieta, mantente quieto. Si la necesitas activa, ponte activo. Tienes que enfrentarte a las cosas y elevarte por encima de ellas.

El estudiante debe estar alerta para reconocer en sí mismo sus hábitos. No debe esperar que alguien se lo diga. Debe examinarse y cortar todo lo que no sea perfecto. La forma de hacerlo es declarando que no se tiene tal o cual hábito indeseable. Luego, *siendo Yo creación de Dios, soy hijo de Dios Perfecto*. Esto trae una liberación que no es posible conseguirla de ninguna otra forma.

Mantenerse en viejas costumbres es como vestirse de ropa antigua. Recuerda: no debes esperar que otro te las recuerde. Nadie lo puede hacer por ti; debes hacerlo tú mismo.

En este trabajo, en esta enseñanza y en esta radiación, todas las cosas viejas en el individuo salen para ser consumidas. Antes de quejarte de cada cosa que experimentes en ti y en tu mundo, recuerda que vienen para que te las quites, para que las transmutes. Ten cuidado de no fijar la atención en aquellas cosas de las cuales te quieres limpiar. Y es ridículo estar recordando las cosas que no resultaron. ¿No es algo maravilloso que después de siglos que tienes construyéndote limitaciones, puedas en poco tiempo limpiarlas y liberarte por medio de tu propia atención y esfuerzo? ¿No vale la pena? La forma más rápida de lograrlo es empleando humorismo. La sensación liviana y campante que da el humorismo permite hacer maravillosas manifestaciones.

Si tú empeñas e invocas la Ley del Perdón, puedes consumir todas las malas creaciones del pasado con la Llama Violeta Transmutadora y ser libre. Debes estar consciente de que la Llama Violeta es la Activa Presencia de Dios actuando.

Cuando sientas un deseo de hacer algo constructivo, hazlo. Empéñate y lógralo, así se caiga el mundo. Que veas o no la manifestación, el resultado, no te debe preocupar.

Aún cuando los estudiantes sólo conocen las cosas intelectualmente, no deben permitir que sus mentes se la pasen regresando a las condiciones malas o erradas, ya que ellos saben que esa actividad les estropea el éxito. Es increíble que las personas no dominen este enemigo. Ningún estudiante puede triunfar hasta que deje de regresar a las condiciones negativas que está tratando de superar.

El trabajo íntegro de un Maestro es el de tratar de hacerle comprender al estudiante lo que significa aceptar. Aquello con lo que el individuo está de acuerdo mentalmente, eso está aceptado por él. Si él fija su atención en una cosa, se estará haciendo uno o unificándose con la cosa. Se identificará con aquello, malo o bueno. Cuando la mente está de acuerdo con alguna cosa o condicionamiento, el individuo está decretando aquello en su mundo.

Aquello que escuches o que medites con atención, estarás aceptándolo, poniéndote de acuerdo, identificándote con ello por virtud de tu atención. ¿Crees tú que un hombre que ve una serpiente de cascabel enroscada, camina deliberadamente hacia ella para que lo muerda? ¡Por supuesto que no! Pues esto es lo que los estudiantes hacen cuando permiten que su atención regrese a los problemas.

La actividad interior gobierna de acuerdo con el Plan de Perfección. El exterior, cuando se le deja hacer, siempre gobierna erradamente. Cuando un cuadro constructivo se ilumina en tu mente, es una realidad, y surge a la realidad siempre que tú lo mantengas en tu recuerdo. Es posible hacerse tan consciente de la Presencia de Dios, que en cualquier momento se puede ver y sentir Su radiación derramándose en uno.

Para todo lo que él no quiere, el estudiante demuestra toda la confianza en el mundo exterior. Para todo lo que sí desea, debe obligarse a tener la misma confianza en lo espiritual. Debe siempre confiar en sí mismo, y debe pensar: ¿Cómo puedo yo usar las indicaciones que se me han dado, para intensificar esta actividad?

Capítulo II
Dios Activo

Jesús dijo: "Yo Soy la Resurrección y la Vida", emitiendo una de las más grandes expresiones que se pueda concebir.

Cuando Él dijo: "YO SOY"; no se refería a la expresión exterior, sino a la Magna Maestra Presencia del Dios Interior, porque dijo repetidamente: "Yo de mi ser propio no puedo hacer nada. Es el Padre nuestro, el 'YO SOY', el que hace las obras".

También dijo Jesús: "YO SOY el Sendero, la Vida y la Verdad", reconociendo así el único poder: Dios en Acción dentro de él.

También dijo: "YO SOY la Luz que ilumina a cada hombre que viene al mundo", anunciando en cada dicho la importancia vital con las palabras "YO SOY". Una de las formas más poderosas de liberar el poder de Dios: Amor, Sabiduria, Verdad, y ponerlo en acción en la experiencia exterior, es esa declaración "YO SOY" en todo y en cualquier cosa que se desee.

Ahora vamos a referirnos al dicho más poderoso de todos, tal vez uno de los más grandes que haya sido lanzado a la experiencia exterior por medio de la palabra: *"YO SOY la puerta abierta que ningún hombre puede cerrar"*. ¿Tú no ves cuán vital es esto? Cuando llegues a comprender plenamente esas afirmaciones magnas, te darás cuenta de la grandeza de su alcance.

Cuando tú aceptas plenamente el "YO SOY" como la Magna Presencia de Dios en ti, en acción, *habrás tomado uno de los mayores pasos hacia la liberación.*

Ahora fíjate bien en la afirmación: *"YO SOY la puerta abierta que ningún hombre puede cerrar"*. Si tú pudieras realizarlo, tendrás la llave que te permita atravesar el velo de la carne, y llevando contigo la consciencia imperfecta que hayas acumulado, la puedes transmutar, o elevarla a esa perfección en la cual has entrado.

No podré jamás ponderar demasiado la importancia de meditar en el "YO SOY" lo más posible, como siendo la Magna, Activa Presencia de Dios en ti, en tu hogar, en tu mundo y en tus asuntos. Cada respiración es Dios en Acción en ti. El poder de expresión de tu pensamiento y tu sentimiento es Dios Activo en ti. Como tú tienes libre albedrío, es asunto tuyo calificar la energía que proyectas en pensamiento y sentimiento determinando cómo quieres que actúen para ti.

Nadie puede preguntar: ¿Y cómo es lo que yo hago para calificar la energía? Todo el mundo conoce la diferencia entre lo destructivo y lo constructivo en pensamiento, sentimiento y acción.

El estudiante, al recibir esta instrucción, debe constantemente analizar el motivo que le impele para detectar si hay algún sentimiento de orgullo intelectual, de arrogancia o de testarudez en la mente y cuerpo exterior. Si hay algún deseo solapado de discutir o de probar que la instrucción está errada, en lugar de recibir la Bendición y la Verdad, el individuo ha cerrado inconscientemente la puerta, y por el momento ha anulado su habilidad de recibir el bien ofrecido.

Quiero recordarles a los discípulos, que no obstante sus opiniones personales respecto a lo que debe ser o no la Verdad, yo he comprobado a través de muchas centurias estas instrucciones condensadas que ahora les estamos dando. Si se quiere recibir mayor beneficio posible y obtener la comprensión que da la absoluta liberación, hay que oír con una mente enteramente abierta; con la consciencia de que el "YO SOY", la activa Presencia de Dios en ti, es tu habilidad certera de recibir, aceptar y aplicar sin limitaciones, la instrucción que se te está dando, acompañada por la radiación. Esto permitirá a todos los estudiantes la comprensión de estas sencillas, aunque magnas, aseveraciones de la Verdad, que los bendecirán y los liberarán destacadamente.

Hace muchos siglos que se le repite a la humanidad: "No se puede servir a dos amos". ¿Por qué? Porque no existe sino una Inteligencia, una Presencia, un Poder que pueda actuar, y esa Presencia es Dios en ti. Cuando tú te vuelves a la manifestación exterior y crees en el poder de las apariencias, estás sirviendo a un dueño falso y usurpador que sólo encuentra una apariencia porque contiene energía de Dios, la que estás usando mal.

Tu habilidad para levantar la mano y la vida que fluye a través del sistema nervioso de tu cuerpo, es Dios en Acción. Amados estudiantes: Tratad de utilizar esta forma sencilla de recordar a Dios en Acción dentro de ustedes.

Cuando camines por la calle piensa por un momento: *"Esta es la Inteligencia Divina y el Poder que me hace caminar, y ésta es la Inteligencia que me dice a dónde voy"*. Verás que ya no es posible que continúes sin comprender que cada movimiento que hagas es Dios en Acción. Cada pensamiento en tu mente es Energía Divina que te permite pensar. Ya que sabes que éste es un hecho indiscutible (que no tiene discusión posible) ¿por qué no adorar y dar plena confianza, fe y aceptación a esta Magna Presencia de Dios en cada uno, en lugar de mirar la expresión externa que está calificada y coloreada por el concepto humano de las cosas?

Cada forma exterior no es sino una parte de la vida por medio de la cual cada individuo puede lograr saber el origen verdadero de su ser (esto lo aprende a través de su propia experiencia); luego vuelve a la plenitud de perfección de origen apoyado en la autoconsciencia que ha adquirido.

La expresión exterior de vida no es sino un constante cambiante cuadro que la mente exterior ha creado, presumiendo ser el actor verdadero. De modo que la atención está constantemente fija en la apariencia externa que sólo contiene imperfecciones, y lo cual ha hecho que los hijos de Dios hayan olvidado su propia Divinidad, teniendo de nuevo que regresar a ella.

Dios es el Dador, el Recibidor y el Don, y es el único Dueño de toda la Inteligencia, Substancia, Energía y Opulencia que existen en el Universo. Si los hijos de Dios aprendieran a dar, únicamente por el gozo de dar, sea amor, dinero, servicio o lo que fuera, la expresión externa no podría carecer de una sola cosa. Sería imposible.

Lo desafortunado en la humanidad, que ha causado tanto egoísmo y condenación entre una y otra persona, es la insistencia en la posesión personal de las maravillosas bendiciones de Dios. *No hay sino un Amor actuando, una*

Inteligencia, Poder y Substancia en cada individuo, y eso es Dios. La alerta que se le puede dar a cada estudiante es contra el deseo de reclamar y apropiarse de poder para sí, únicamente.

Si en cada acto de personalidad se le diera pleno crédito y poder a Dios únicamente, ocurrirían transformaciones increíbles en aquél que así le entrega todo el crédito a quien le pertenece.

Raramente se ha logrado comprender la oferta y la demanda. Positivamente hay abundante y omnipresente oferta, pero la demanda tiene que ser estipulada antes que la Ley del Universo le permita surgir a la expresión y uso del individuo.

El individuo, ya que tiene libre albedrío, debe hacer la petición o la demanda con plena determinación, y ya verá cómo no puede dejar de expresarse, siempre que él mantenga una consciencia resuelta y sin debilidades. La siguiente afirmación sencilla, usada con sincera determinación, le traerá todo lo que él pueda posiblemente desear: *YO SOY la gran opulencia de Dios hecha visible en mi uso ahora y continuamente.*

El elemento limitador que tantos estudiantes sienten es, por ejemplo, que ellos comienzan declarando la Verdad cuando usan la afirmación antes dicha, pero antes que hayan pasado muchas horas, si se analizan ellos conscientemente encontrarán que en sus sentimientos hay trazas de duda o temor. Estos dos sentimientos, naturalmente neutralizan en gran parte la fuerza constructiva que traería rápidamente el deseo o la demanda.

Una vez que el estudiante puede darse cuenta de que todo buen deseo es Dios en Acción impulsando Su energía hacia el pleno cumplimiento y que es autosostenida comprenderá el amor sin límites, el poder y la inteligencia que posee y con los que podrá lograr cualquier propósito.

Con esta sencilla comprensión, la palabra fracaso sería completamente borrada de su mundo y, en poco tiempo de su consciencia, porque vería que está manejando una inteligencia y un poder que no pueden fracasar. Así, estudiantes e individuos entrarían en su pleno dominio de acuerdo con la intención de Dios.

Jamás ha sido el propósito de nuestro gran Padre, todo Amor y Sabiduría, que a ninguno de ellos (sus hijos) les faltara nada. Es porque ellos permiten que se les fije la atención en la apariencia exterior, la cual es como la cambiante arena del desierto. De manera que ellos consciente o inconscientemente se separan de la Gran Inteligencia y Opulencia.

Esta gran opulencia es la herencia de la cual todo el mundo puede disponer, siempre que se vuelvan de nuevo hacia "YO SOY", el Principio Activo de Dios, eternamente dentro de nosotros mismos, como hacia la única fuente de vida activa, inteligencia y opulencia.

A través de todas las edades han existido ciertas normas de conducta necesarias para todo estudiante que desee alcanzar ciertos logros. Se trata de la conservación y gobierno de la fuerza vital a través del sexo.

Para el individuo que ha estado usando esta energía sin pensar en gobernarla, el hecho de decir "Yo voy a dejar esto", sin la comprensión de la actitud correcta de consciencia, no sería sino simplemente suprimir un flujo de energía que él ha provocado que fluya en dirección diferente.

Para el estudiante que desea gobernarse, esta afirmación que es la más eficaz de todo lo que se le pudiera dar, si la usa con comprensión. Es la Magna afirmación de

Jesús: *"YO SOY la Resurrección y la Vida"*. Esta afirmacion no solamente purifica el pensamiento sino que es la fuerza elevadora y ajustadora más poderosa que se puede usar para la corrección de lo que es la más grande de las barreras a la altura del logro espiritual. Todo el que empiece a sentir el impulso interior de corregir esta condición, y que use la afirmación continua y en forma firme, elevará esta maravillosa corriente de energía hacia el punto más alto de su cerebro, como fue originalmente proyectado. El individuo sentirá su mente inundada con las más maravillosas ideas, con abundante poder sostenedor, y con la habilidad que aparece en la expresión y uso para bendecir a toda la humanidad.

Yo le pido al estudiante que observe y ensaye los resultados en su mente y cuerpo. Sientan profundamente el dicho de Jesús: *"YO SOY la Resurrección y la Vida"*, repitiendo tres veces en silencio o audiblemente, y observen el ascenso de consciencia que van a experimentar. Hay algunos que necesitarán varias repeticiones para sentir la elevación sorprendente que otros sienten a la primera vez. Esto les demostrará en pequeño lo que se puede lograr con su uso continuo.

No hay sino una sola manera de liberarse de algo negativo, y es que después que tú sepas el error que tienes que superar, quitarle tu atención exterior completamente, fijándola firmemente en la mencionada afirmación.

Cualquier condición de la experiencia externa que uno desee superar, lo puede lograr con el uso de esta afirmación, así como también para cambiar el flujo de la energía mal dirigida. Un estudiante que sintió el impulso de redirigir esta gran energía, y con el uso de esta única energía logró ascender su cuerpo. En un año, una transformación maravillosa se operó en toda su apariencia externa. Es increíble que de todas las afirmaciones que nos vienen de Jesús, y que no es sino una parte de lo que Él enseñó, tan pocos humanos reciban el tremendo impacto de esas maravillosas palabras de sabiduría.

En toda la historia del mundo no han sido dadas tan grandes afirmaciones como las que Él enseñó; cada una de las cuales, usada conscientemente, contiene la radiación acompañante que Él logró. De manera que no solamente tienen ustedes este poder del "YO SOY" sino también Su asistencia individual cuando usas Sus afirmaciones. Siempre se debe contemplar el verdadero significado de estas afirmaciones del Maestro Jesús.

Cuando tú logras comprender que el pensamiento, sentimiento y expresión tuya del "YO SOY" ponen en acción el Poder de Dios sin límite alguno, entonces recibes lo que tú deseas. No debe ser ningún problema para el estudiante el ver y comprender que la apariencia externa no es sino la distorsionada creación del hombre, el cual está creyendo que en el exterior hay una fuente de poder aparte, cuando un momento de reflexión le hará comprender que no existe sino un solo amor, una sola inteligencia y un solo poder que puedan actuar, y que eso es Dios.

Los defectos humanos o las discrepancias externas no tienen nada que ver con la Perfección Omnipresente de Dios, ya que todo lo imperfecto es sólo creación del concepto exterior humano. Si el hombre se volviera hacia su Yo Superior sabiendo que Éste es Dios, sabiendo que Él es toda Perfección y que la apariencia externa no es sino creación humana, por el mal uso de su poder Divino; si él medita sinceramente y acepta la Perfección de Dios, verá en seguida que en su vida y experiencia se manifiesta esta misma perfección.

No hay otra forma posible de traer esta perfección a tu mente, cuerpo y experiencia, sino por medio de la aceptación de la Gran Presencia de Dios en ti. Este reconocimiento pleno hará que el poder exterior proyecte dicha perfección de Dios a tu experiencia visible.

Dile a los estudiantes que yo te estoy enseñando como mensajero de la Verdad, afirmaciones de la Verdad que te producirán resultados positivos si las usas y las mantienes sin titubeos. Los metafísicos saben que la Verdad no les funciona porque hoy hacen las afirmaciones y las olvidan durante toda la próxima semana.

El deseo de Luz y Verdad es la Presencia de Dios en el deseo, proyectándose hacia la acción. Para lograr iluminación usa esta frase: "YO SOY la plena comprensión e iluminación de esta cosa que quiero saber y comprender".

El día que se abran tus ojos y veas algunos de estos maravillosos seres Ascendidos, el gozo te durará para toda la Eternidad. Si tú no aceptas la Verdad de que tú tienes la habilidad para lograr esto, jamás lo lograrás.

En el mismo momento en que tú expresas: *"YO SOY la Resurrección y la Vida"*, inmediatamente surge toda la energía de tu ser hacia el centro de tu cerebro, que es la fuente del ser individualizado. Yo no podré jamás ponderar demasiado el poder de esta afirmación. No hay límites para lo que puedes hacer con ella. Fue la que usó Jesús en sus más grandes pruebas.

Debes saber que cuando tú decretas algo constructivo, es Dios el que te está impulsando a actuar. Es lo más tonto del mundo preguntar: "¿Y tú has comprobado esto en tu propia experiencia?", porque cada individuo tiene que comprobarlo por él mismo, o no le significará nada hasta que él mismo haga la prueba.

El sentimiento lleva consigo cierta visión coexistente. Uno, a menudo, siente la cosa con tal claridad que verdaderamente la ve desde la posición interna.

A medida que entras en el estado ascendido, se manifiestan simultáneamente el pensamiento, el sentimiento, la visión y el color.

El sonido armonioso es tranquilo. Es por esto que la música más deleitosa es aquietante en sus efectos, mientras que la música ruidosa es enteramente opuesta.

Capítulo III
Cinturón Electrónico

Desde la radiación de la Gran Cintura Electrónica hoy les proyecto: desde el corazón de la Ciudad de Oro[1] se proyectan los Rayos Gemelos sobre los cuales están la palabra, la luz y el sonido.

El tiempo nos ha alcanzado rápidamente y debemos estar más despiertos respecto a los grandes cinturones electrónicos que rodean toda la creación desde la Deidad hasta el individuo.

La cintura electrónica que rodea la Ciudad de Oro es impenetrable mucho más que lo que podría ser un muro de acero de muchos pies de anchura. Así, en un grado menor, el individuo que tiene suficiente comprensión del principio activo de su Ser Divino puede rodearse de un

---

[1] Encima de los principales desiertos, existen ciudades etéricas. Más arriba del desierto de Arizona está la ciudad etérica de Juan, el Discípulo amado. Hay otra sobre el Desierto del Sahara, otra sobre el Desierto de Gobi y otra en Brasil, que es la ciudad etérica de la América del Sur.

círculo o cintura electrónica, la cual él puede calificar de la manera que se le antoje, pero ¡ay de aquel individuo que la califique destructivamente! Si alguno tuviera la temeridad de hacerlo, se encontraría que este cinturón de fuerza electrónica encerraría su forma exterior y la consumiría; pero aquellos que construyen y califican con sabiduría, con el gran amor de Dios, y con poder constructivo, se encontrarán moviéndose en un mundo intocable por la ignorancia humana.

Ha llegado el período cósmico en que aquellos que han logrado cierto grado de comprensión deben crear, aplicar y usar este maravilloso círculo electrónico. Cada creación, que es acción autoconsciente, tiene este círculo de fuerza electrónica con toda naturalidad, pero hasta cierto grado su fuerza está descontrolada y, por consiguiente, disipada.

Al crear conscientemente este gran anillo de fuerza electrónica pura, detienes toda filtración de tu esencia ilimitada y la mantienes en reserva para uso directo y consciente. Después de unos meses de esta actividad creadora y consciente dentro de este anillo electrónico, hay que tener mucho cuidado al dirigir esta fuerza. Que no sea en ninguna otra forma que la del Amor Divino.

En los principios de la individualización del hombre, él estaba naturalmente rodeado de este círculo mágico; pero a medida que su consciencia iba descendiendo se hacían rasgaduras en el gran círculo de fuerza, causando filtraciones, hasta que desapareció. El círculo no fue una creación consciente del hombre; era un círculo natural envolvente, por su estado puro de consciencia.

Ahora los estudiantes de la Luz tienen que oponerse a la obra conscientemente, y sin titubeos crear este Círculo

Electrónico en contorno a sí mismos, visualizándolo perfecto, sin quebraduras en su construcción. Así será posible conscientemente alcanzar más adentro en la Cintura Electrónica de la Divinidad, y allí recibir Sabiduría, Amor y Luz sin límites, como también aprender la aplicación de leyes sencillas por medio de las cuales todo poder creador es posible. A pesar de que al estudiante le es recomendado mirar siempre, sin jamás olvidarlo, hacia su propio Ser Superior, creador de su individualización, no se ha obtenido un solo logro en el cual no se haya dado la asistencia de aquellos más adelantados.

Como no hay sino un solo Dios, una sola Presencia y Su Actividad Todopoderosa, resulta que aquél más adelantado no es sino un poco más del Ser Divino en Acción. En este reconocimiento vas a comprender por qué es que puedes sentir *"YO SOY aquí y YO SOY allá"*, puesto que no hay sino un solo Ser Divino en todas partes.

Cuando el estudiante por fin comprenda que la Ascendida Hueste de Maestros no es otra cosa que su propia consciencia más adelantada, entonces va a sentir las grandes posibilidades a su alcance, así sea que se dirija a Dios directamente, a uno de los Ascendidos Maestros de Luz o a su propio "YO SOY". En realidad no hay diferencia, porque todos son uno solo. Pero hasta que no se llega a este estado de consciencia sí hay diferencia, porque el individuo es casi seguro que sentirá una división del Ser Único, cosa que no es posible sino en la ignorancia de la actividad externa mental.

Cuando el estudiante piensa en esa expresión exterior debe en todo momento recordar que es la actividad externa en la Inteligencia Única, guardándose así él mismo contra la división —en su propia consciencia— de este magno y único poder Divino centrado en él.

De nuevo debo recordarte que este Gran Poder Ilimitado de Dios no puede introducirse en tu uso exterior sino por virtud de tu propia invitación. No hay sino una sola clase de invitación que pueda hacer que fluya, y es tu sentimiento profundo de amor y devoción.

Cuando uno haya generado el Círculo Electrónico en contorno a sí mismo, no hay otro poder que lo pueda penetrar sino el Amor Divino. Y en cuanto a penetrar en el Radiante, Candente Círculo de la deidad es sólo Tu consciencia de Amor Divino lo que puede penetrarlo, y a través del cual la deidad retorna su Gran Derrame, el cual te llega a través de mensajeros tan trascendentes que sobrepasan en tal forma tu concepto actual, que no es posible transmitirte en palabras de Majestad del Amor, Sabiduría y Poder de estos grandes seres.

Permíteme recordarte de nuevo que aquel estudiante que "ose o calle" se encontrará elevado a la radiante trascendencia de esta Esfera Interna. Y será por medio de su visión y experiencia que logrará comprender esto que te estoy diciendo. El alma que posee suficiente fuerza para vestirse de su armadura de Amor Divino y avanzar, no encontrará obstrucción alguna, pues no hay nada entre su presente consciencia y esa Esfera de Magna Trascendencia Interna que obstruya el acercamiento del Amor Divino.

Cuando tú hayas mirado y tocado dentro de este Círculo Interno, vas a comprender cuán imperfecta es la presente expresión del Amor Divino. Una vez que uno hace consciencia de estas Grandes Esferas, a las cuales uno puede llegar, se encuentra sin temor, alcanzando más y más profundamente la radiación interior de ese Gran Eje Inteligente del cual han procedido toda Creación y todos los mundos.

Hay entre ustedes almas fuertes y valientes, que comprenderán esto y que pueden usarlo para gran bendición propia y de los demás. Hay también otros que comprenderán que la Presencia que late en cada corazón es Dios, que la esencia que surge para vitalizar la forma exterior es Dios en Acción, que la actividad que hace circular la sangre por todo el cuerpo es Dios. Entonces, amado estudiante, pon atención a lo siguiente: ¿No ves tú qué gran error es hundirse en la ignorancia del ser exterior y sentir dolor, molestias o perturbaciones, todo creado por la ignorancia y actividad de ese ser, cuando unos momentos de meditación te harán comprender que no puede haber sino una Presencia, una Inteligencia, un Poder que es Dios actuando en la mente y en el cuerpo?

¿Ves tú ahora cuán sencilla, aunque poderosa, es esta consciencia dentro de ti, que puede soltar el pleno reconocimiento de la Grande y Pura Actividad de Dios a la mente y al cuerpo, y que permite que la maravillosa y trascendente Esencia llene cada célula hasta derramarse?

A mí me parece que tú no puedes menos que captar la sencillez de tu propio Ser Interno actuando en ti mismo. Vuélvete constantemente hacia Él. Ámalo, alábalo, ordénale que surja en cada célula del cuerpo, en cada necesidad de la actividad externa, en el hogar, en los negocios, etc. Cuando tu deseo se proyecte revestido en la Presencia, Poder e Inteligencia de Dios, no puede fallar. Tiene que traer aquello que tú necesitas o deseas, ya que el deseo no es sino una actividad menor que un decreto y el decreto es el reconocimiento del deseo cumplido. Yo te aseguro que no debes jamás tener ningún temor respecto al uso de este gran Poder.

Bien lo sabes tú, sin que se te diga, que si lo usas mal, generarás inarmonía. Si lo usas constructivamente, te traerá tales bendiciones que no puedes sino vivir alabando y dando gracias. Este Poder está esperando tu dirección consciente.

La persona que dijo un día bíblico: "¿Quién de vosotros puede con el pensamiento añadir un codo a la estatura?", ahogó la actividad y el progreso individual, ya que el pensamiento y el sentimiento son el Poder Creador de Dios en Acción.

El uso incontrolado del pensamiento y el sentimiento han traído toda clase de discordias, enfermedades y molestias. Sin embargo, pocos son los que creen esto, y continúan creando caos en sus mundos con sus pensamientos y deseos desordenados cuando podrían, tan fácil como respirar, tornar a usar su pensamiento constructivo, y con el motivo del Amor, construirse un paraíso perfecto en un período de dos años.

Hasta la ciencia ha comprobado que la forma exterior y el cuerpo interior se renuevan completamente en pocos meses; de manera pues, que por medio de la aplicación de las leyes verdaderas del Ser, ¡cuán fácil es causar la perfección del cuerpo exterior entero, que cada órgano recobre su actividad normal y perfecta en poco tiempo! Sería imposible que la inarmonía entrara en el pensamiento o en el cuerpo. Esta es la puerta abierta de Dios ante ti que ninguno puede cerrar sino tú; que nadie puede obstruir ni interferir. Usa valientemente tu dominio y poder Divino y sé libre.

No puedes mantener esta libertad perfecta sin el medio del conocimiento consciente y aplicado. Te voy a dar un secreto, que si fuera comprendido por el individuo iracundo o discordante lo arrancaría de esa actividad destructiva, aunque no fuera sino por un motivo puramente egoísta. La persona iracunda, condenadora, que envía pensamientos y palabras destructivas hacia otra, recibe de vuelta la cualidad negativa con que cargó sus sentimientos, palabras y pensamientos. En cambio, la otra, si está estabilizada en su poder Divino, recibe la energía que le haga falta, calificándola. Así el creador de discordias a través de su ira y condenación, se está destruyendo él mismo, a su mundo y sus asuntos.

He aquí un punto vital que deben comprender los estudiantes. Cuando uno conscientemente busca alcanzar el Círculo Electrónico Interior de Dios, hace de su expresión y actividad exterior un canal incesante para el flujo de la esencia pura que le viene de la Divinidad. Esto en sí, aunque él se conserve completamente silencioso, es uno de los más grandes servicios, conocido por pocos seres que están conscientes de lo que significa para la humanidad.

Aquél que está tratando de alcanzar el interno del Círculo Interior Electrónico llega a ser un manantial continuo; y la propia radiación es una bendición para la raza humana.

Así, centuria tras centuria, han habido aquellos altruistas mensajeros de Dios a través de los cuales es derramada, para bendición de los que no comprenden, la Presencia Elevadora de esa energía fluyente. Cuando se encuentran uno o más que puedan ser un canal para esta gran presencia acumulada, asemeja los primeros goteritos de una filtración en una represa.

A medida que se mantiene firme la consciencia, y a medida que se aumenta la brecha en la represa, mayor volumen de agua pasa y, al final, toda obstrucción es eliminada y se proyecta íntegra la fuerza para ser utilizada.

Al contrario del agua estancada que se desborda, disipándose porque no tiene dirección, el Poder Divino, así soltado, va directamente al canal de consciencia más receptivo, y allí se amontona esperando la oportunidad de manifestarse más y más.

Así, el estudiante de la Luz, aparte de su actividad en dispersar la Verdad, se convierte, como quien dice, en un pozo artesiano de cuyas profundidades fluye esta magna esencia de Dios.

Los estudiantes deben en todo momento recordar que, no importa los errores que hayan cometido, Dios jamás critica ni condena, sino que en cada tropiezo dice dulce y amorosamente: "Levántate, hijo, y comienza de nuevo, continúa ensayando hasta que logres la verdadera victoria y la libertad de tu dominio divino".

Siempre, cuando uno se hace consciente de haber cometido un error, el primer acto debe ser invocar la Ley del Perdón y pedir fuerza y sabiduría para no repetir el error una segunda vez. Dios, todo amor, tiene una infinita paciencia y no importa el número de nuestros errores siempre se puede decir: "Elévate y sube al Padre". Tal es el amor y la libertad en que los hijos de Dios tienen el privilegio de actuar. No hay sino un solo proceso invencible, evolucionador, y es a través del poder de generar conscientemente el Amor Divino. El Amor, siendo el eje de toda vida, mientras más lo usemos conscientemente, más fácil y rápidamente libraremos el magno Poder de Dios que, como una gran fuerza acumulada, siempre está esperando una apertura para proyectarse por nuestra propia consciencia.

Por primera vez en muchas centurias, los faros o rayos de la Ciudad Dorada, situada en el Plano Etérico sobre el Desierto de Sahara, están puestos en operación activa sobre América y toda la Tierra. Puede que haya algunos individuos que puedan ver estos Rayos sin saber lo que significan.

El hombre no debe seguir pensando que puede continuar generando fuerzas destructivas y seguir sobreviviendo. Aquellos que pueden esparcir el conocimiento del Círculo Electrónico, ya no deben ser privados de sus beneficios. Que lo divulguen junto con la alerta.

Usa esta afirmación: *"YO SOY la actividad cumplida y el Poder sostenedor de toda cosa constructiva que yo desee".* Usalo como un decreto general, porque el poder sostenedor está en todo lo que existe. "YO SOY" aquí y "YO SOY" allá, decretando en todo lo que quieras lograr, es una estupenda orden para usar la única actividad para elevarse por encima de la consciencia de separación.

CAPÍTULO IV
Fuego Creador

El Fuego Creador del "YO SOY" es la Llama de Dios. Su Presencia Maestra está afirmada en el corazón de todos sus hijos, aunque en algunos no es sino sólo una chispa. Sin embargo, al tratarla en forma correcta, esa chispa puede convertirse en un gran Fuego Creador y una Llama Consumidora.

Esta Magna Presencia en sus actitudes múltiples, es la actividad omnipresente que todos pueden usar sin limitación, solamente pudiendo quitar de su consciencia aquello que no es sino apariencia y que los ha atado a través de un sinfín de años.

Hoy, el Cetro de Poder y Autoridad está frente a cada estudiante que va adelantando. Al principio puede alcanzarlo mentalmente y tomar ese Cetro de Autoridad y usarlo; pero pronto se dará cuenta de que los puede usar casi tangible y visiblemente.

No es promesa vana que aquellos que buscan la luz recibirán este dominio. Cuando atravesamos un bosque sabemos que podemos regresar por el mismo sendero, pero la decisión es nuestra. Asimismo, después de centenares de años buscando poder y autoridad en lo exterior, encontramos que mañana habrá desaparecido, como si estuviera sobre arenas movedizas.

Por la aceptación gozosa de tu dominio Divino puedes pisar firmemente la base segura de la Roca de la Verdad, que es Dios mismo, y de la cual ningún disturbio exterior puede jamás tocarlo una vez que tú lo hayas aprendido por propia experiencia.

Los estudiantes de la Verdad se preguntan por qué vacilan ellos en su decisión de mantenerse firmemente asidos o anclados en la Presencia de Dios, ya que esto representa el dominio que andan buscando. No analizan la forma en que están actuando para indagar qué es lo que están haciendo que les cause tal perturbación y duda; pero para aquellos que aprovechan la autoridad que les pertenece e investigan profundamente en sus propias causas, les será muy fácil separar la cizaña de los granos de oro y sentirse pronto libres de la perturbación que les hace dudar de ellos mismos, y hasta de la Presencia de Dios, que late en sus corazones.

Cuando los estudiantes tengan consigo mismos y con Dios, la Presencia "YO SOY", la suficiente honradez para arrancar todo lo que esté causando ese disturbio interior, sentirán esa Magna Luz, irradiación del Gran Ser Divino, y encontrarán que con poco esfuerzo podrán lograr que la Gran Presencia "YO SOY" en amor e inteligencia se convierte en Poder, Fuerza y Seguridad autosostenida; de manera que los mantendrá fuertemente asidos a esa Roca de la Verdad que es una de esas Grandes Joyas del Reino de Dios; y esta Luz deslumbradora los envolverá a la más leve invitación.

¡Oh estudiante de hoy! Mantente asido a esta Magna Presencia que late en tu corazón, cuya vida fluye a través de tus venas, cuya energía se derrama en tu mente. Tú tienes libre albedrío y puedes calificarla y bendecirla para que te perfecciones, o te haga imperfecto. Recuerda siempre que por no invocar esta Magna Presencia te has encontrado creando inarmonías y desórdenes. Tienes que darte el tiempo suficiente para lograr el pleno reconocimiento a este gran poder y entregarle toda la actividad de tu vida.

No te impacientes porque las cosas no se compongan tan rápidamente como a ti te gustaría. Ellas funcionan de acuerdo con la velocidad de tu propia aceptación y la intensidad de tus sentimientos.

Esta gran energía que surge a través de tu cuerpo y mente, es la pura energía electrónica de Dios, la Gran Presencia "YO SOY". Si tus pensamientos son mantenidos gozosamente en tu ser divino, como origen de tu ser y tu vida, esa pura energía electrónica actuará sin cesar, e incontaminada, por calificación discordante humana.

Pero si tú permites, consciente o inconscientemente, que tu pensamiento comience a infestarse con la discordia que a menudo lo rodea, tú mismo le cambias el color y la calidad de esta energía radiante y pura.

Ella está obligada a actuar, y tú eres el que dicta cómo ha de comportarse hacia ti. No creas jamás que tú puedes escapar de este sencillo hecho. Es una ley inmutable y ningún ser humano puede cambiarla. Los estudiantes tienen que comprender y mantener esta actitud si desean hacer progresos continuos.

Yo les digo amados míos, que por más que duden, teman y se rebelen ante la autocorrección, ella es la puerta abierta a su propia gran iluminación y libertad de toda la limitación humana exterior.

Hay muchos estudiantes que cuando llegan a un cierto grado de comprensión, los resultados de sus actividades purificadoras les son revelados y enfrentándose a los muchos errores cometidos y que hay que corregir, se desconsuelan criticándose y condenándose ellos mismo y a Dios. Este es otro gran error. Todo aquello que les es revelado para ser corregido, debe alegrarles grandemente, puesto que es una oportunidad para adelantar corrigiéndose errores que antes estaban ocultos. Conociendo que Dios es el poder de pensar, saben que tienen dentro el poder de corregirse y deben poner manos a la obra.

La vida de Dios que les late en el pecho es prueba suficiente de que poseen la Inteligencia y el Poder de Dios con qué disolver y consumir todos los errores y creaciones discordantes que han fabricado en su contorno, consciente o inconscientemente, y pueden decirles a estas creaciones indeseables: *"YO SOY la Magna Llama Consumidora que ahora y para siempre disuelve todo error pasado y presente, su causa y su núcleo y toda creación indeseable, por lo cual mi ser externo sea responsable"*.

Es extraño, pero parece que los estudiantes tienen dificultades para anclarse en el reconocimiento del poder ilimitado que manejan cuando pronuncia "YO SOY", cuando hasta el intelecto, que es sólo la actividad externa, sabe esto. Los estudiantes deben intensificarlo con todo su empeño, sintiendo intensamente la verdad de ello, y entonces encontrarán gran rapidez y poder adicional al usarlo. Yo te digo, amado estudiante, que ha llegado el momento en que puedas usar este poder con gran autoridad para desatarte de las cadenas de la limitación que te han aprisionado por tanto tiempo.

Ponte con determinación a ordenar tu casa. Si fueras a albergar un huésped distinguido, no dudo que pasarías días trabajando con ahínco, puliendo y preparando todo para recibirlo. ¡Cuánto más importante es el preparar para este gran principio de amor y paz, el principio del Fuego Consumidor que habita dentro de ti y controla el elemento Fuego!

Cuando uno piensa en Oromasis, príncipe del elemento Fuego, está pensando en la llama del fuego creador y está invocando su ayuda en el avivamiento de este poder creador, lo cual trae resultados inimaginables.

Cuando tú hablas en el nombre, poder y autoridad del Gran "YO SOY", estás soltando energías sin límites para que se cumplan tus deseos. ¿Por qué, entonces, seguir permitiendo que la duda y el temor te acosen cuando "YO SOY" es la puerta abierta de la opulencia de Dios, esperando para derramarse en salud, bendiciones y prosperidad? Atrévete a ser, a sentir y a utilizar esta Magna Autoridad, Dios en cada uno.

¡Amado estudiante! ¿No te das cuenta de que puedes manifestar la perfección en unos minutos o en unas pocas horas, tomando la determinación de afirmar con suficiente intensidad. *"YO SOY la inmensa Energía Electrónica que fluye, que renueva, que llena cada célula de mi mente y mi cuerpo, en este mismo momento"*? ¿No ves tú que a pocos minutos u horas puedes disipar cualquier disturbio de mente o cuerpo y permitir que esa pura Magna Energía haga su labor sin influencia, sin ser afectada o colorida por elemento alguno de tu propio pensamiento? Si tú puedes renovar un nervio, un órgano, construir cualquier miembro de tu cuerpo a su original perfección, casi inmediatamente, ¿por qué no sentirlo y utilizarlo? Y a medida que experimentes los resultados admirables, asombrosos, tu fe y confianza saltarán a efectuar su perfecta actividad y tu mente adquirirá toda la confianza necesaria en esta gran Presencia y su Omnipresente e ilimitado Poder.[1]

Cuando parezca haber una falla de energía, plántate alegre y seguro con determinación, y declara: *"YO SOY la Magna Presencia de esta Energía Alerta y Radiante que surge a través de mi mente y mi cuerpo, disolviendo todo lo que sea diferente a ella misma. Yo me planto para siempre en esta alerta y radiante energía y gozo para siempre"*.

Tú puedes pasar esta energía por tu mente y tu cuerpo así como paso yo mi mano por tu frente. En mi memoria no existe un momento en que haya habido tanta asistencia al alcance del estudiante de la luz y tú debes aprovecharte con intenso gozo.

Al principio, si no sientes ninguna fuerza electrónica pasar a través de ti, de ninguna manera creas que has recibido esta gran energía, ya que tú la has ordenado con la autoridad de Dios "YO SOY" a que fluya por tu mente y tu cuerpo.

Lo mismo se puede hacer por los negocios o asuntos que no estén manifestando todo el orden y armonía que se desee. Puedes ponerte de pie (porque esto te hace sentir la autoridad) e invocar a tu gran presencia "YO SOY" y mandarla al mundo de tus negocios. Ordénale que consuma todo lo que no sea igual a ella misma y que lo reem-

---

[1] Las Huestes de Ángeles se regocijan del regreso del viajero que tanto tiempo ha buscado autoridad en el exterior, no habiendo encontrado sino tusas. Después que su energía ha sido gastada, vuelve a casa y ahí encuentra la fuente que lo reconstruye de todas las discrepancias, aun la llamada "vejez". Entonces puedes mostrarte renovado en la plenitud de juventud y poder, porque así es el sendero de la vida de Dios. Hace que se mantenga una maravillosa acción vibratoria cuando cada uno habla suavemente. ¡Si pudieras ver la acción interior disipando al instante toda discordia!

place con la perfección de Dios que "YO SOY", ordénale que se mantenga a sí misma, que manifieste su autoridad incesante y que limpie tu mundo de toda cosa discordante. Y terminas declarando: *"YO SOY la suprema autoridad, Dios en Acción"*.

No es necesario ponerse tenso ni tampoco permitir que el cuerpo se ponga tenso, sólo debemos subir en la supremacía y dignidad de nuestra autoridad divina y limpiar todo lo que necesite ser limpio. Al hacer esto, no es necesario hablar con voz fuerte, sino con voz baja, pero con tono de Maestría.

Ponte de pie en tu cuarto y declara: *"YO SOY dueño de mi propio mundo, YO SOY la victoriosa Inteligencia que lo gobierna. Yo ordeno a esta gran radiante e inteligente Energía de Dios que entre a mi mundo, le ordeno que me traiga la opulencia de Dios, hecha visible a mis manos y para mi uso. Le ordeno que cree toda la Perfección. Yo no Soy ya más el niño en Cristo sino la Presencia Maestra que ha alcanzado su plena estatura. Yo hablo y ordeno con autoridad"*.

Se pueden disolver los errores cometidos y recrear inmediatamente la perfección que se desea. Saber que es autosostenida, siempre que no se mezcle con actividades destructivas del pensamiento y el sentimiento.

Yo deseo mucho que tú sientas que eres la única autoridad en tu mundo. No temas jamás que al perfeccionar tu mundo vas a desfigurar el mundo de otro o de otros, mientras tú no tengas intención de dañar a alguien. Tampoco importa lo que digan los demás, o cuanto intenten ellos interrumpirte con sus dudas, temores y limitaciones. Tú eres la suprema autoridad en tu mundo y todo lo que tienes que hacer es decir, cuando te acosen esas condiciones: *"YO SOY el Gran Círculo Mágico de protección alrededor mío que es invencible, que repele todo elemento discor-*

dante que intenta entrar a molestarme. YO SOY la Perfección de mi mundo y ésta es autosostenida".

¡Oh amado! Ya no es necesario vacilar, inquirir y preguntar acerca de que "YO SOY" la Autoridad. Anda, atrévete, usa esta autoridad de Dios que se exprese en el "YO SOY" de todo cuanto existe. Porque tú has estado deseando la Presencia de los grandes Seres Ascendidos. Pues decreta: *"YO SOY la Presencia visible de aquellos llamados Ascendidos Maestros que deseo ver aparecer aquí ante mí y cuya asistencia invoco".*

Ha llegado el punto en que puedes descargar toda discordia de tu mente. Llena tu mente con esta esencia electrónica pura y ninguna discordia podrá entrar mientras tú la mantengas llena con esta Presencia. Te repito que tú eres la autoridad en tu mundo y si tu pensamiento está lleno de esta esencia, no puede tocarlo siquiera ninguna discordia. Vamos a tomar esta autoridad y la vamos a usar, vamos a limpiar toda discordia y vamos a declarar sin vacilación alguna: *"YO SOY la supremacía del hombre".* *A donde quiera que yo me dirija, "YO SOY Dios en Acción".*

CAPÍTULO V
Curación a las Naciones

L a gran necesidad de hoy es la curación de las naciones y los individuos. Así como se ayuda al individuo derramando en él la energía electrónica a través de su mente y su cuerpo y por medio de su "YO SOY", llenando cada célula, así, en un grado mayor de expansión, se puede tratar a una Nación. Una Nación es un gran cuerpo de individuos y de creaciones de la naturaleza. Tenemos el mismo poder para efectuar esto, siendo como lo somos, la presencia de Dios Individualizado. Sabemos pues, que "YO SOY" está presente en todas partes, y cuando la consciencia se apodere de esta expansión, la energía se lanza a actuar en todas partes, tanto en las células del cuerpo mundial como en las células individuales. Debemos darnos cuenta de que la Presencia Activa de Dios Todopoderoso está presente en todas partes, que no hay la más diminuta porción en que esté ausente, que esta presencia activa liga a toda la creación humana y consume al instante todo lo inarmonioso o indeseable, y que lo único que la detiene es el libre albedrío del individuo a través de su ignorancia y su propia creencia.

A través del "YO SOY" la Divina Sabiduría actúa repeliendo todo lo que no debe entrar en el sistema. La Ominipresente Sabiduría, a través de nuestra acción consciente, siempre nos está insinuando el no aceptar nada de aquello que en nuestros sentimientos, pensamientos o alimentos pudiera perturbar nuestra actividad armoniosa.

Las corrientes de energía cósmica pura están siempre fluyendo por todas partes como los rayos de un faro. Nuestras actividades exteriores siempre deben estar receptivas a estas corrientes de vida que son energía cósmica pura y que siempre están fluyendo en la atmósfera de la Tierra.

Es verdad que donde las condiciones son demasiado densas para que esta energía las penetre, ella las rodea por encima y por debajo y sigue su camino. Desde el año 1932, cada individuo camina dentro de grandes corrientes sanadoras. Por el poder de Ciclopea (Vista), la estrella secreta de amor, y los rayos provenientes de la Ciudad Dorada, las tremendas corrientes sanadoras son dirigidas conscientemente a través de la atmósfera de la Tierra. Éstas, como comprenderás, son la Energía de Dios en Acción y naturalmente autosostenida. La consciencia individual de esta Presencia te permitirá contactar estos rayos en cualquier momento.

A los estudiantes que posean un sentido de patriotismo y que deseen ayudar a su propia Nación, les diré que estas corrientes sanadoras llegan no sólo a individuos, sino a condiciones, ambientes y lugares oficiales, como una llama inteligente y que en la actualidad están haciendo una labor de protección y elevación para los hijos de la Tierra, como jamás anteriormente, desde la creación de este planeta; y que mientras más personas se dan cuenta de esta operación, mejor serán en el papel de mensajeros y asistentes en este trabajo extraordinario.

Hay una influencia siniestra con la cual nos estamos enfrentando en la actividad terrenal; es una fuerza mental que respalda las guerras y se manifiesta conscientemente. Los que deseen trabajar para disolver esta situación deben meditar la idea siguiente hasta que capten el pleno significado que encierra. Deben saber que si ellos dirigen esta energía electrónica a través de la Tierra, ella irá directamente y sin interrupción al sitio indicado y verán obrar la energía en forma insospechada.

Hay individuos que siendo muy bondadosos y dedicados, se dan cuenta de pronto que tienen que abandonar ciertos alimentos y ciertas actividades, lo que les produce una especie de shock. Yo les diré que la Divina Inteligencia dentro de cada uno les hará que dejen con naturalidad las cosas que no estén de acuerdo con la Gran Presencia, a cada paso y cuando sea necesario. Para que un individuo se abstenga de algo conscientemente, tiene que sentir que hay algo más fuerte que merezca anclarse en ello. A medida que los estudiantes se hacen conscientes de esto, les viene la fuerza y la confianza para dar el paso.

Aquéllos que vienen a tu casa merecen la protección divina que a ti te gusta darles. Yo sugiero que una vez por día cargues la atmósfera de tu casa con pura energía electrónica, o sea, con la Presencia de Dios, para que no entren en tu casa ni comida, ni presencias indeseables. Envuelve a tus visitas en el manto electrónico de la Presencia "YO SOY", pero no fuerces estas cosas en personas que no las hayan pedido.

Cuando tú dices: "YO SOY", reconoces el poder que destruye toda barrera y oposición. El ser humano es como un león muerto de hambre en la selva. Rompería cualquier cosa para obtener la comida. La consciencia rompería en pedazos a su mejor amigo para salirse con la suya.

En todo elemento astral existe el elemento del deseo humano. A menos que la mente se cierre completamente al mundo astral, se encontrará uno constantemente interrumpido en toda buena decisión, porque se le habrá dejado la puerta abierta a una fuerza mucho más sutil, que toda fuerza que haya en el mundo físico. *Muchos piensan que hay fuerzas buenas en el mundo astral; yo te digo que ninguna fuerza que venga del astral es jamás buena.* Cualquier fuerza buena que parezca venir de allí, ha fabricado su propio túnel para poder pasar.

En primer lugar ¿qué forma el mundo astral? No hay sino un solo lugar donde se pueda albergar una creación indeseable humana, y es en el próximo escalón de la actividad humana: El Reino Astral. Este plano de actividad astral contiene todas las formas indeseables acumuladas a través de los siglos. De manera que es fácil ver que nada bueno puede salir de contacto alguno con el plano astral. *No contiene absolutamente nada del Cristo.*

Algunos tienen una confusión que denominan "La Estrella Astral", pero eso está errado. Se llama en realidad "La Estrella Astrea". Este es un Ser Cósmico de la Cuarta Esfera, cuyo trabajo es el de consumir todo lo más posible de lo que pertenezca al Reino Astral, como también el de llamar la atención de individuos atraídos al Plano Astral. Este gran Ser, al fin y al cabo, aclara la comprensión de estos individuos y disuelve sus deseos de mantener algún contacto con ese reino infeliz. No hay niños en el Plano Astral. El hogar de los niños que dejan la Tierra es el Plano Etérico. La gente encarnada, cuando está dormida, se encuentra en la misma esfera que los desencarnados.

La Presencia "YO SOY" posee una consciencia auto-sostenedora de tal magnitud, que si uno sale con ella al dormirse, se pueden alcanzar alturas increíbles. Si tú tienes consciencia de tu "YO SOY" en tu consciencia exterior, y te llevas esta consciencia cuando entres a otros planos, es una presencia sostenedora increíble.

Hay un momento en la experiencia de nuestra vida en la cual tenemos necesidad del uso y reconocimiento consciente de la frase: *"YO SOY la Presencia de Dios en Acción".* Cuando tú tengas esa consciencia y la lleves voluntariamente a través del velo del sueño, tu alma fuera del cuerpo actúa con poderes ilimitados.

Suponiendo que en el estado de vigilia tengas necesidad de algo, antes de dormirte puedes muy bien expresar lo siguiente: *A través del Magno Poder, e Inteligencia que "YO SOY", mientras mi cuerpo duerme, hago el contacto necesario que me cumplirá abundantemente este requerimiento, no importa cuál sea.*

Debes conocer que esta actividad autosostenida no puede fallar en absoluto, y que es una forma grandiosa de poner en movimiento a la Presencia "YO SOY", ya que cualquier cosa que el "YO SOY" ordene mientras el cuerpo duerme tiene que ser obedecido. Yo conocí un caso en el que había necesidad de protección. El que la usó tenía cierta consciencia de la Presencia. El individuo cayó por un barranco, pero la Presencia "YO SOY" al instante construyó una forma que atrapó al individuo y lo puso a salvo antes que la caída continuara.

Cuando se tiene consciencia espiritual y se va a cualquier ambiente donde exista peligro, debe hacerse un tratamiento rápido para su propia protección, ya que mientras uno no haya ascendido, el cuerpo tiene tendencia de contactar el pensamiento exterior de la humanidad.

Si el estudiante sube una montaña, debe hacer un trabajo protector, consistente en afirmaciones protectoras. Si mantiene siempre esa labor protectora puede muy bien evitar la destrucción de terceros. Ejemplo: *"Dios es el Poder Omnipotente protegido y dirigiendo este avión (barco, tren o carro), de manera que se mueva en una zona absolutamente a salvo".*

En el camino tienes que estar en acción consciente todo el tiempo. Habrá quienes piensen que esto significa temor, pero no es así; por el contrario, es el reconocimiento del Poder Protector Omnipresente.

Dios todo lo ve y todo lo conoce. Él mira hacia adelante y evitará contactos indeseables. Cuando tú digas: *"Dios está manejando este vehículo"*, la vista divina va adelante mirando cuadras y kilómetros y vendrá el impulso de salir a vías libre de interrupción de tráfico. Nuestro paso será sin obstrucción de ninguna clase porque es Dios quien está manejando el vehículo.

Hay dos motivos que causan accidentes en los estudiantes. El primero, que enfadándose, dejan abierta su aura y la puerta astral. Segundo, que se olvidan de hacer el trabajo protector. Cada vez que hacemos algo con actitud positiva y dinámica, el exterior va adquiriendo más confianza, más fe y no puede fallar.

Otra forma de protegerse es la de proyectar el cinturón electrónico alrededor nuestro o de terceros, diciendo: *"YO SOY el cinturón o el anillo o el círculo protector alrededor mío"* (o de fulano). Ese cinturón electrónico se forma al instante y es impenetrable e invulnerable a toda cosa negativa. Date cuenta que cuando tú dices: *"YO SOY"*, *lo que quiera que tú ordenes es Todopoderoso e instantáneamente cumplido.* No puedes usar la Presencia "YO SOY" sin que logres actividad instantánea.

Repite a menudo: *"YO SOY la Inteligencia protectora omnipresente y omnipotente que gobierna esta mente y este cuerpo"*. Esto es instantáneamente cumplido y en acción porque has dicho: "YO SOY". El "YO SOY" que está en todas partes, presente está en ese punto haciendo el trabajo en ese momento. Esta es la forma como pones en acción la todopoderosa Presencia "YO SOY", por los medios más directos. Ella es *todo en todos*. Y recuérdale a tu consciencia exterior que cuando tú dices: "YO SOY", has puesto en función todos los atributos de la Divinidad; estás ya en un punto en que debes ver actividad instantánea. Cuando tú dices: "YO SOY", en cualquier condición, significa que se está efectuando una acción instantánea por el poder más grande del Universo. En el mismo momento en que te haces consciente de que "YO SOY" es la plena actividad de Dios, y que contiene todos los atributos de Dios, entras en pleno uso de ese magno poder.

Di a menudo: *"YO SOY la Presencia que produce este hogar maestro"*. Cuando tú dices: *"YO SOY la ascensión de este cuerpo físico ahora"*, has aceptado y entrado en esa acción en el mismo instante. Cuando estás luchando por adquirir luz en acción ilimitada, estás esforzándote por lograr la cosa más grande que existe en el mundo. Llena tu mundo con la presencia "YO SOY" y cuando lo hagas, siente que lo estás haciendo conscientemente.

Si tú dices en consciencia: *"YO SOY la perfecta actividad de cada órgano y célula de mi cuerpo"*, tiene que manifestarse. Sólo tienes que estar consciente de esto y se hará. Usa a menudo: *"YO SOY la perfecta salud manifestada ahora, en cada órgano de mi cuerpo"*. Pon tu confianza en tu "YO SOY", en vez de ponerla en una medicina exterior. No puedes decir, por ejemplo: *"YO SOY la perfecta actividad inteligente en este cuerpo"*, y al mismo tiempo estar pensando en que vas a tener que tomar una medicina.

Para limpiar la mente di: *"YO SOY la Inteligencia perfecta activa en este cerebro"*. Para los ojos y los oídos di: *"YO SOY la perfecta visión mirando a través de estos ojos"; "YO SOY la perfecta audición oyendo a través de estos oídos"*. Ponte a hacer estos tratamientos con empeño y no puedes fallar. Tienes las riendas; úsalas y evita toda palabra que recuerde la condición limitada anterior. Cuando estés consciente del "YO SOY", no te importe lo que haga nadie en este mundo; y no debe preocuparte otra cosa que tu propio mundo, ya que tú has logrado que el "YO SOY" esté en todo.

Para cuadrar el círculo usa la actividad "YO SOY". No hagas caso a lo que diga nadie. Sólo di, específicamente, lo que tú quieras producir. Repite, repite, repite: *"YO SOY la única Presencia actuando en esto, YO SOY la única Presencia actuando en mi mundo"*.

Para encontrar cosas perdidas: *"YO SOY la Inteligencia y el ojo avizor que encuentra todo"*. Te va a asombrar la sensación que te va creciendo por dentro cuando tú no tengas que mirar a ninguna otra cosa sino a tu amado y magno "YO SOY".

Borra de tu mente todo menos la operación consciente de "YO SOY", pues es el más alto poder. Lograrás la idea de que todos estos aparentes milagros se producen con facilidad.

Suponiendo que tú quieras iluminar una habitación, di: *"YO SOY la iluminación de este cuarto"*. Entonces actúa sobre los electrones del cuarto, ya que iluminar la atmósfera de un cuarto es tan fácil como levantar la mano. Tu capacidad para iluminar un cuarto es tan adecuada como el lograrlo a través de una lámpara eléctrica. Tú puedes tan fácilmente conducir la corriente eléctrica universal a través de ti, como la electricidad corriente es conducida a través de los cables. Para hacer visible la iluminación que está dentro de tu propio cuerpo, o sea, para irradiarla visiblemente, di: *"YO SOY la iluminación visible a través de este cuerpo ahora"*. Dentro de ti hay un punto focal.

El "YO SOY" que está en ti, creó todo en el Universo. Cuando tú entres en la confianza de tu "YO SOY", Él borrará toda obstrucción. Usa a menudo: *"YO SOY el Poder y la Presencia consumidora de todo temor, duda y confusión que pueda haber en mi mente exterior, sobre la invencible actividad del YO SOY"*. Continúa este ejercicio y siempre sabrás instantáneamente lo que debes hacer.

La consciencia del individuo encubre la forma con los conceptos pertenecientes a Él y cuando éstos son agrupados alrededor del individuo que ha generado cierta energía, no le impone a éste otras condiciones que las de su propio mundo.

Cada vez que te sientas gozoso y lleno de impulso, aprovéchalo, úsalo y decreta.

Capítulo VI
Enfermedad "No"

Constantemente recuérdale a la consciencia exterior, que cuando tú dices: "YO SOY", pensando en el poder infinito de Dios, has puesto en función ese poder para cumplir con éxito la idea que tienes en consciencia.

Los estudiantes sinceros no deben olvidar esto por un solo momento, hasta que la verdad se arraigue y actúe automáticamente. Verán pues, qué ridículo es decir: "Estoy enfermo, estoy económicamente restringido", cuando parezca faltar cualquier cosa.

Yo te digo que es imposible que seas afectado si te mantienes en la idea anterior. Úsala. Cuando tienes catarro, no necesitas que se te diga que debes usar un pañuelo. Entonces ¿por qué necesitas que se te recuerde que la actividad exterior no tiene sino sólo un poder que le permite moverse, y que es la Presencia "YO SOY", Dios en ti? Lo malo de los estudiantes sinceros, es que no meditan lo suficiente a menudo sobre esta verdad, para que su Maravillosa Presencia entre en actividad.

Por ejemplo, si tú dices: *"YO SOY la Majestuosa y Victoriosa Presencia que llena todos los cargos oficiales"*, te darás cuenta cuán bendecido serás por hacerlo.

Cuida tus contactos exteriores constantemente para que no aceptes en ignorancia la apariencia de cosas, o el temor de aquellos que se llaman financistas. Dios gobierna tu mundo, tu hogar, tus negocios y eso es todo lo que te concierne.

No creas jamás que estás dejando que la imaginación se desborde porque sientes la cercanía de la Gran Presencia Individualizada. Regocíjate, cree en esa Gran Presencia que mantiene en ti todo lo que tú puedas desear o usar, tú no dependes de cosas exteriores. Con esta feliz entrada a este Magno Poder y Presencia que contiene todo ¿no ves tú que si todo se acabara, tú siempre estarías provisto? Yo quiero que sientas, que aceptes gozoso y que con todo tu ser reconozcas, que el poder de precipitación no es un mito; es real. Los que entren en este sentimiento con suficiente profundidad tendrán la precipitación de todo lo que desean.

Hay niños que han sido castigados por ver seres angélicos y por manifestar que tienen la percepción interior. Son los padres de esos niños los que deberían ser castigados por atreverse a interferir en el don divino de la libertad del niño. Si los grandes vivieran más en el imaginar consciente y en la aceptación de la Gran Presencia, de cuya existencia duda la humanidad, sentirían esa presencia elevándolos y dándoles su inteligencia.

¡Mi amado! si de pronto sientes que necesitas fuerza o valor, expresa: *"Yo estoy aquí, surgiendo y supliendo instantáneamente"*. Si tú necesitas armonía, de mente o cuerpo: *"Yo estoy allí supliéndote instantáneamente y no necesitas esperar"*.

No le des un pensamiento al mundo o a los individuos que no comprenden estas cosas. Continúa regocijado en presencia activa, visible, de lo que tú desees manifestar y ver precipitado en tu vida y tu uso: *"YO SOY la Presencia Activa y Visible de esto que yo deseo, ya manifestado"*.

Nuestro sentido común debe decirnos que a menos que nosotros esperemos, aceptemos y gocemos ya aquello que deseamos ¿cómo lo vamos a lograr? El pobre e insignificante ser exterior se pavonea diciendo: *"YO SOY demasiado importante para poner atención a semejantes cuentos de hadas"*. Pues permíteme informarte que algún día los individuos que hablan así van a ponerse muy contentos con estos cuentos de hadas y llenarán su mente con esas ideas para verlas surgir.

En cada contacto con el mundo exterior de los negocios y cada vez que haya una condición negativa que aparente tocar tu mundo, instantáneamente toma esta determinación: *"YO SOY la Precipitación y la Presencia Visible de cualquier cosa que yo desee y no hay hombre ni cosa que pueda interferir en ello"*.

Cuando yo hablo de precipitación, no sólo me refiero a la apertura de los canales invisibles sino a cualquier canal, ya que todo es precipitación, lo creado y lo no creado aún, y no hay sino una pequeña diferencia de actividad.

Cuando yo reconozco quien "YO SOY", he entrado en el gran silencio donde está la más grande actividad de Dios. Este reconocimiento debe traer grandes revelaciones al individuo si él acepta esto gozosamente.

En tu experiencia exterior, la práctica de cualquier actividad desarrolla más y más tu eficacia, ¿no es así? Si uno puede aplicar esto a una actividad exterior ¿no ves tú cuánto más importante lo es para una actividad interior? Cuanto más lo uses mayor poder manifestarás. Sabes tú que puedes hacerlo con las cosas espirituales, de manera más grande y rápida que con el exterior, ya que en el Espíritu el poder actúa instantáneamente. No hay espera cuando el "YO SOY" actúa.

El hecho de que la musculatura se desarrolla con el ejercicio, te debe hacer comprender que el mismo esfuerzo por el poder interno, naturalmente tiene que producir mayores resultados. Por ejemplo, los hombres creen que tienen que hacer ejecicios físicos para desarrollar los músculos. Pues yo he hecho muchas veces que mis estudiantes desarrollen un bello y simétrico cuerpo con músculos poderosos *sin haber hecho un solo ejercicio físico*. En todo desarrollo, tanto del exterior como del interior, la primera parte del ejercicio es mental. *Debemos saber que no hay sino un solo poder y una sola energía y que viene de la Presencia "YO SOY" en cada uno*. Por consiguiente, el ejercicio de tus facultades interiores, es llamado mental; pero te digo que es Dios en Acción, porque tú no puedes formar un solo pensamiento sin la inteligencia y la energía de Dios para lograrlo. Por lo tanto tu actividad mental es la energía de Dios en Acción. Ahora verás, pues, cuán fácil y simétrico, sin hacer algún ejercicio físico para lograrlo.

La mayoría de los hombres científicos, médicos o profesores de cultura física, negarán esto; pero yo les aseguro que es solamente que no se han penetrado profundamente respecto a la energía o el poder que está actuando, pues ninguna actividad puede tener lugar si no es por el uso de esta energía y poder interior. La gente permite que le entren dudas y temores con respecto a los conocimientos de estas grandes facultades que son libres y para el uso de quien las quiere utilizar en cualquier momento. Lo que pasa es que se encuentran sumergidas como un corcho mantenido debajo del agua, el cual, apenas se le suelta, salta a la superficie. Yo te aseguro que es lamentable que los estudiantes sinceros pasen tantos años esforzándose, ensayando y dejando el uso de estas facultades, y luego, porque no las ven operar inmediatamente, se dejan caer de nuevo en un estado de inactividad hasta que algo los vuelve a animar, para recaer de nuevo.

El reconocimiento persistente y determinado de esta Presencia "YO SOY", te llevará al logro absolutamente cierto, a menos que tú lo abandones.

Yo veo en este momento un buen número de individuos que con un poquito de incentivo y la descripción sencilla de estas prácticas, saltarán a la libertad, especialmente aquellos que reciben la instrucción verbal junto con la radiación que la acompaña.

¿No es desastroso que los hijos e hijas de Dios se sometan a las limitaciones cuando con un esfuerzo persistente y determinado abrirían la puerta y entrarían en esta gran cámara interior llena de luz, joyas, oro y substancias de todos los alimentos del Universo? Y luego con esta verdad plena frente a ellos, estos individuos vacilan aún por la imposibilidad de creer que pueden dar el paso, tomar este cetro y ser libres.

Amado; de nuevo te digo: Canta la gran melodía de la Presencia Conquistadora del "YO SOY". Canta en tu corazón continuamente, siéntela con toda tu habilidad, sujétate fuertemente a esa determinación. El conocimiento y el sendero de esa maestría, se te abrirá y se te manifestará la libertad eterna. Simplemente continúa recordándote que ya has traspasado el velo.

Cualquier maestría que el individuo haya adquirido sobre sus asuntos y su mundo es, y siempre debe ser, un retiro sagrado, un santuario interior, en donde ningún otro individuo inquisidor pueda entrar. Nadie puede lograr la maestría pretendiendo encontrar esa maestría en otros.

Buscar, encontrar y aplicar la Ley del propio Ser, es el camino seguro hacia la maestría, y únicamente cuando el individuo la ha logrado es que puede comprender realmente lo que es la verdadera maestría. No hay sino un dominio qué buscar y es el dominio sobre el propio ser exterior.

Puedes marchar al lado de un maestro durante años y no descubrirlo hasta que las propias facultades interiores se lo revelan a uno. Se puede vivir en la misma casa con un maestro durante años y no saberlo hasta que surge una crisis y el poder real se revele.

Que un maestro discuta o revele sus propios logros, sería disipar sus fuerzas y eso no se debe hacer jamás.

Si un estudiante tiene la dicha de una bella experiencia y luego la comenta con terceros, generalmente hay tantas dudas que surgen en los oyentes y que se derraman sobre él, que pronto comienza a dudar de sí mismo. Es verdaderamente cómico ver cuán convincentes son los argumentos ajenos. El estudiante que escucha esos argumentos ajenos debe hacerse justicia a sí mismo, a su Yo Superior, y escuchar lo expresado por esa experiencia interior.

En el propio momento en que comienza a entrar la duda, si se le permite la entrada, continuará entrando a caudales. Igual cosa ocurre con el "YO SOY". Si vuelves a Él tu atención, allí se precipita la energía. Amado mío, ¿no ves que cuando deseas alguna revelación o inspiración al decir: "YO SOY", pones en movimiento el poder con todas sus facultades, con todas las substancias y que tiene que asumir cualquier forma en que se fije la atención?

El "YO SOY" es la mente insondable de Dios. Al buscar comprensión, el estudiante corriente sólo está contactando la memoria de lo que ha sido, en lugar de ir al corazón de Dios y extraer aquello que aún no ha sido.

Los discípulos a veces no saben que han existido muchas civilizaciones con vastos logros totalmente desconocidos hoy en día. Atlántida, Lemuria y la Tierra de Mu, son sólo fragmentos de otras grandes civilizaciones que han existido.

Para lograr hacer cosas poco comunes, aquellos estudiantes que lo deseen, deben tomar la siguiente decisión: *"YO SOY el corazón de Dios y ahora produzco ideas y cometidos que jamás han sido producidos anteriormente"*

Considera que somos aquello que deseamos ver producido. La presencia "YO SOY" es pues el corazón de Dios. Se entra inmediatamente en el Gran Silencio en el mismo momento en que se pronuncia "YO SOY". Si tú reconoces que tú eres "YO SOY", entonces lo que sea que tú declares queda instantáneamente manifestado.

Creer es tener fe en lo que tú crees que es la Verdad. Hay pues un entretejido entre la creencia y la fe. Al principio se hace la creencia; si se mantiene se convierte en fe. Si tú no crees que algo es verdad, no lo puedes traer a la manifestación. Si tú no puedes creer en tus propias palabras cuando pronuncias: *"YO SOY tal o cual cosa"*, ¿cómo puede establecerse y manifestarse el dicho de Shakespeare: "No hay bueno ni malo, el pensar lo hace así"? Es absoluta verdad.

Si ya sabes que la Energía Divina le entra al individuo en un estado de pureza perfecta, entonces tienes que pensar que es el propio individuo quien recalifica a esa energía, imponiéndole su propia impureza. Esta energía le entra el hombre continuamente con el latido del corazón y

Él la tiñe con su propia calidad y la proyecta hacia fuera. Este es su privilegio como Creador, a imagen y semejanza del Padre. Nuestra consciencia individual está siendo proyectada, formando ambiente en contorno nuestro. Por eso recibe vibraciones de pesar, de tristeza, de alegría, de amor, bondad, etc. Y las siente como si fueran propias. Si son buenas, no tiene nada de qué preocuparse; pero si son de impaciencia o de tristeza, debe decirles que se retiren y ordenar que se transmiten para no continuar expandiendo esa atmósfera y contagiando a otros.

Cada uno de nosotros tiene color y sonido musical. Si es distorsionada, sale un sonido feo, disonante y de color sucio. A cada persona que lanza una creación fea se le devuelve la responsabilidad de aquéllo. Todo contiene inteligencia.

No consideres el elemento tiempo. Cuando afirmes algo que desees sea manifestado, hazlo con gozo y mantenlo firmemente hasta que se manifieste. Si mantienes constante la Presencia "YO SOY", mientras haces aquello que tú deseas, entrarás en la plenitud y perfección de todo lo que ya está preparado para tu uso. Todo logro permanente debe ser el resultado del esfuerzo consciente de cada individuo.

¿Qué es la lástima? Es ponerse de acuerdo con lo imperfecto. No te dejes jamás invadir por la lástima, pues es como si te dejaras arrastrar a las arenas movedizas teniendo alas con qué elevarte a las alturas, por encima de toda cosa destructiva, elevando al mismo tiempo aquello que estás atestiguando y que quiere producirte esa lástima. No juzgues; mantente firme en la Presencia "YO SOY" y todo manifestará la perfección.

Para toda condición imperfecta que tú veas, especialmente la vejez, di: *"YO SOY la perfección de ese individuo que tiene apariencia de vejez"*. Así habrás puesto en acción a Dios dentro del individuo, ya que Él también pronuncia el "YO SOY", aunque no sea sino despectivamente. En este caso lo has impulsado a usarlo constructivamente.

No importa lo que tú oigas decir o conversar en el mundo exterior; mantente firme. No te dejes afectar, pues tú estás produciendo perfección y tienes que hacerla manifestar conscientemente.

Si no estás atento, puede que dejes entrar una expresión que te perseguirá por años si no la borras. Cuando conscientemente estés usando la gran Ley, conoce que el poder activo del pensamiento de Dios sabe perfectamente la dirección hacia donde va y actúa.

Conscientemente dile a tu "YO SOY" que haga lo que sea necesario. Dile: *"YO SOY la Inteligencia que califica esto con lo que sea necesario"*. Esto, por supuesto, si te encuentras en el caso de no saber qué hacer en un momento dado. El todo es que vuelvas tu mente al "YO SOY" que te guía y te mantiene.

Yo tuve un discípulo que calificó en tal forma su Círculo Electrónico con el poder de curación, que lo llamaban "la sombra sanadora". En el instante en que uno hacía contacto con un círculo electrónico era sanado.

¿Por qué se individualizó Dios?: Para tener algo a qué amar. ¿Por qué fueron divididos los rayos?: Para expresar amor. El amor es el Principio Activo de Dios. Cuando tú amas, estás envolviendo aquello que amas en ese Manto de Dios, en aquella Presencia Radiante. Jamás critiques.

Cuando aparentes ver una actividad sexual incorrecta, levanta la consciencia del personaje a un ideal, de manera que el pensamiento de él entre en control consciente y así su actividad sexual se eleva a un plano superior.

El uso limpio y apropiado del sexo es para expansión del amor en la procreación de una forma, de manera que el alma que viene pueda tener un carácter y un temperamento armonioso y amoroso. El pensamiento y sentimiento de los padres son la actividad modeladora. La naturaleza del principio Vida en el individuo es amar.

La diferencia entre la compasión y la lástima es la siguiente: En la compasión se invoca a la Presencia "YO SOY" para que produzca la perfección. La lástima es energía con una sensación de imperfección y sólo intensifica la imperfección que se está manifestando.

Para controlar a un animal usa el *"Yo estoy aquí y Yo estoy allí"*. Ordeno el Silencio. O se le mira a los ojos y se conoce que el amor de Dios lo controla.

Capítulo VII
Hágase la Luz

Cuando se dio la orden "Hágase la Luz", la primera actividad fue la obediencia. Surgió la luz en cantidades ilimitadas, y así ocurre con todo lo que se refiere a la actividad exterior del único Principio Activo: Dios. Quiero decir que la primera actividad de todo lo externo es la obediencia perfecta a la Presencia "YO SOY", pues sólo así se puede expresar armoniosamente la esencia pura.

Hay que esforzarse por mantener tranquila en todo momento la expresión exterior; así sea entre amigos, parientes, socios o lo que sea, de cualquier condición o edad, pues cada vez que surge el impulso de discutir, criticar o resistir, es la señal de que la consciencia carnal se está entrometiendo para llamar la atención sobre ella. Ese es el momento de darle la orden de observar obediencia y silencio. Lo importante es conservarse en calma, en Gracia de Amor, Luz y Obediencia.

Es inútil discutir; silencia tú el exterior. Cuando el estudiante entre ya en el sendero consciente, la menor apariencia de resistencia o de perturbación le indica que debe decretar: *"YO SOY la obediente e inteligente Actividad de mi mente y cuerpo; YO SOY el Poder que gobierna y ordena todo armoniosamente"*. Todavía no puedo entrar a enumerar los elementos perturbadores de las actividades exteriores, porque sería impulsar en el estudiante una resistencia o, tal vez, un complejo de culpabilidad. Cuando los estudiantes estén lo suficientemente fuertes para escuchar estas verdades, se les darán. Basta con la mención hecha de que deben estar en guardia para no aceptar resistencia ni tentaciones de criticar. Cada uno debe usar muy a menudo la declaración: *"YO SOY la Guardia invencible establecida y sostenida en mi mente, mi cuerpo, mi hogar, mi mundo y mis asuntos"*. Esta guardia es la Presencia "YO SOY", y, naturalmente, es Infinita Inteligencia. La consciencia de esto establecerá esa guardia de actividad inteligente, que no tendrá que ser repetida constantemente una vez que sea establecido el impulso, o sea, el *momentum*.

Volvamos al punto de que cada vez que usamos el "YO SOY", sabemos que está actuando el poder del Amor, la Sabiduría y la Inteligencia Divinas. Usa también la declaración: *"YO SOY la Acción plenamente liberadora del Amor Divino"*. (Recuerda que el Amor, como virtud o atribución de Dios, es una entidad viviente, ya que Dios es Vida, y todos Sus atributos están vivientes).

Yo sugiero como actividad preparatoria para cada día que los estudiantes declaren con firmeza y con gozo (sabiendo de antemano que el propio poder dentro de la declaración la hace mantenerse vigente): *"YO SOY el Amor, la Sabiduría y el Poder con su Inteligencia Activa, lo que estará actuando en todo lo que piense y haga hoy. Yo le ordeno a esta Actividad Infinita que sea mi protección y que actúe en todo momento, haciendo que yo me mueva, hable y proceda única-mente en Orden Divino".*

Y es bueno que durante el día se declare: *"YO SOY la Presencia gobernante que me precede a donde yo vaya durante este día, ordenando perfecta Paz y Armonía en todas mis actividades".*

De esta manera se fija la puerta abierta para el flujo constante de la presencia interior que transformará tu mundo, te impedirá el contacto con la desarmonía y hará que la paz y la armonía se hagan en todo contacto exterior.

No importa cuál sea la manifestación dentro o fuera del cuerpo; el estudiante debe adoptar la firme determinación de que su cuerpo es el Templo del Altísimo.

Esta es una verdad incontrovertible, y esta actitud mantenida conscientemente, traerá el cuerpo a la actividad perfecta, como es la intención divina. Yo les recuerdo en todo momento a los estudiantes, que no hay otra forma de lograr adquirir una calidad o un atributo deseado, sino reclamándolo, sabiendo que existe en nuestro Espíritu perfecto. El exterior se ha acostumbrado a creer en la imperfección del ser humano y, por consiguiente, no puede manifestar perfecciones bajo tales condiciones. El pensamiento del estudiante, en general es el siguiente: "Bueno, ya comprobé que no manifiesto esta cualidad que yo deseo y debe ser porque no estoy lo suficientemente adelantado". Pero yo te aseguro que no importa lo que esté manifestando el cuerpo o el ser humano, el fracaso es imposible cuando se ha puesto en movimiento el "YO SOY", ya que se ha pronunciado la Verdad, además de movilizar los atributos de Dios. Muchas veces he visto a mis discípulos a punto de manifestar una gran victoria, y no solamente han fallado en el último momento, por la duda y la falta de persistencia, sino que le han cerrado la puerta por tiempo indefinido.

El estudiante debe obligarse a mantener en su mente que cuando se ha puesto en movimiento el Poder de Dios, al pronunciar el "YO SOY", primero ocurre el caos universal antes de dejar de cumplirse la afirmación. No puede jamás dejar de actuar la actividad "YO SOY", a menos que el exterior se lo impida. Esto puede ocurrir cuando la precipitación asoma ya en el plano terrenal y la "efluvia"[1] ataca para destrozarla.

Todo estudiante debe vigilarse con gran atención para no usar el "YO SOY" en expresión negativa, porque cuando se dice: *Yo estoy enfermo, o Yo he fracasado, o Yo no estoy actuando correctamente"*, se está lanzando esta magna energía para destrozar aquello que deseas lograr. Esto ocurre siempre que se usa el pronombre "YO ", como ya lo sabes, pues esa válvula que abre el "Poder Universal". Conociendo que "YO SOY" eres tú mismo, cuando dices: Me duele la cabeza, tengo el estómago malo", etc., estás lanzando la energía para que actúe en esos órganos en la forma que estás decretando, pues es igual cuando usas diferentes verbos y el pronombre posesivo. Se refieren éstos a una persona, "YO". No hay sino una sola persona que pueda afirmar en tu mundo, Tú. Cualquiera expresión que únicamente pueda ser apropiada por ti, está incluyendo la energía y la actividad de la presencia "YO SOY". La actitud correcta es que si un órgano aparenta estar rebelde, hay que declarar y mantener con firmeza:

---

[1] La efluvia es la masa de energía negativa mal usada que flota en todo planeta, o donde quiera que vivan seres humanos; y que está compuesta de las emanaciones mentales de todos los seres que, no conociendo la Ley del Mentalismo, no saben que sus pensamientos toman forma, quedan

"YO SOY la única y perfecta Energía actuando allí, por lo tanto, toda apariencia de perturbación es instantáneamente corregida". Este es el punto importante que hay que mantenerle a los estudiantes, y si por la fuerza de la costumbre usas algún agente exterior, como por ejemplo, un medicamento, úsalo parcamente, siempre aclarándote a ti mismo la verdad, hasta que adquieras la maestría suficiente para gobernar enteramente por vía de tu Presencia "YO SOY".

Yo te aseguro que aunque creas que el agente medicamentoso te ha aliviado, siempre es la Presencia "YO SOY", lo que le ha comunicado al medicamento el poder de aliviarte. Por ejemplo: Yo, Saint Germain, he observado el mundo médico por muchos siglos y, cada vez que un individuo en autoridad dice que tal o cual medicina ya no sirve, al poco tiempo la medicina desaparece por completo del escenario. Lo que ocurre en la mente de todo individuo pensante es que consideran que ciertas hierbas o substancias tienen una acción química que corresponde al elemento dentro del cuerpo. Y yo te digo: ¿Qué es lo que te da la afinidad química? El poder de tu "YO SOY" que te permite pensar. Así cuando le das la vuelta al "Círculo de Actividad", encuentras que no hay sino una Inteligencia y Presencia actuando, el "YO SOY Dios en ti".

Entonces, pues, ¿por qué no te enfrentas a esta verdad? Plántate sin vacilación y piensa: *"YO SOY esa Presencia en acción".* Es la misma vida en mí y en todos los remedios a los cuales les da su poder.

¿No es mucho mejor ir directamente a la Suprema Fuente de todo, y recibir su ominipotente e inagotable asistencia, que no puede fallar, en lugar de concederle a algo interior que te lleva a otro algo exterior, a lo cual tú le has concedido el Poder de aliviar la condición a la cual diste el poder de molestarte?

Yo sé que no es fácil dejar viejas costumbres. Pero un poco de meditación obligará al raciocinio exterior a soltar su dependencia en estos remedios exteriores y depender exclusivamente de la gran presencia "YO SOY".

Por supuesto que no hay otro modo de convencer a un estudiante respecto a esta cuestión vital, sino por la aplicación de estas verdades con determinación y firmeza. Además nadie puede demostrarle hasta qué grado se puede aplicar la Verdad; sólo él puede demostrarle hasta qué grado. A veces la energía interior, acumulada por el deseo, es de tal magnitud, que el individuo se asombra ante los resultados.

La palabra que emplean los orientales es OM. Significa lo mismo que "YO SOY" (I am). A mí personalmente me gusta más el "YO SOY", porque el estudiante siente más la acción de Dios en Él. Para los orientales "OM" es una presencia universal, y no da la consciencia que da la Presencia "YO SOY" actuando en el individuo. Esto explica la condición que existe hoy en la India, que por la confusión de tantas castas, han caído en el error de creer que lo que es importante es la entonación en que canta "OM". Sí, es verdad que impone una actividad, pero no la de energizar la acción del individuo y, por consiguiente, la diferencia de entonación es de poco beneficio.

El sistema de los Maestros Ascendidos desde tiempo inmemorial ha sido el uso consciente de la Presencia "YO SOY". El reconocimiento y plena aceptación de Dios en Acción en el individuo, es lo que imparte más y más la inteligente actividad, plena y completa, de la Presencia de Dios. Esto es la práctica de la Presencia de Dios, o sea, la Deidad.

Aquellos orientales que han alcanzado grandes alturas, y que los hay sin duda, lo han logrado a fuerza de meditar sobre esta verdadera actividad. Tal vez la verdad más sencilla y más poderosa que el individuo puede sostener, es que cuando él diga "YO SOY", pone en acción dentro de sí mismo, consciente o inconscientemente, la plena energía de Dios sin adulteración alguna. La energía se convierte en poder, a través del uso consciente. El hecho de que un individuo está encarnado como ser humano, es una orden de elevar su mundo a un estado de actividad perfecta. Cuando la consciencia del individuo es elevada, todo en el mundo de ese ser, es subido al plano de actividad interior.

La frase oriental "A mani padme hum", significa: "Dios actuando en el individuo". Usa el "YO SOY" en lugar de "OM" en todo momento, porque tal vez tú has vivido encarnado en cuerpos hindúes. Conociste ese uso, y para impedir que se invoque un uso inferior, emplea el "YO SOY", para que te lleve a la altura completa.

Cada vez que tú usas el "YO SOY", pones la pura energía de Dios en movimiento, sin color ni tinte del concepto humano. Es la única forma de mantener la pura energía de Dios incontaminada por calificaciones humanas. Enormes resultados se logran en corto tiempo por medio del uso de las afirmaciones siguientes: *"YO SOY la Pura Inspiración; YO SOY la Luz Pura, en acción aquí"* (visualiza esto en y a través del cuerpo en el propio momento). *"YO SOY la Pura Revelación de todo lo que yo quiero saber".*

Mantén para siempre dentro de ti las riendas del poder. La gente teme abrazar el Gran Poder de Dios y dejarlo obrar. ¿Y qué puede haber en Dios que te dé temor? Tienes que reclamar o apropiarte de lo que tú desees. Di: *"YO SOY ahora el Ser Ascendido que deseo ser".* Esto te envuelve inmediatamente en la Presencia Ascendente.

"YO SOY la eterna Liberación de toda imperfección huma-na". Esto realiza quien es "YO SOY".

"YO acepto ahora mi Perfección completa y ya terminada".

Usa las explicaciones de las afirmaciones para tu propia comprensión, pues la consciencia carnal es un Santo Tomás, incrédulo y criticón. No lo dejes dudar. Di: *"Este cuerpo mío es el Templo de Dios viviente y es ascendido ahora"*.

· Las instrucciones generalmente son para que el estudiante se compruebe la Ley a sí mismo. Di a menudo: *"YO SOY el Poder que gobierna esta actividad, y, por consiguiente, siempre es normal"*.

En todo el Universo no hay un individuo que pueda reconocer el "YO SOY" ajeno para ninguna otra persona. Uno puede dirigirse al "YO SOY" colectivo y, por supuesto, porque en ese "YO SOY" entra uno también, pero no es lo mismo cuando se trata del "YO SOY" individual. Cada paso alcanzado por ti en el reconocimiento de que eres, es una adquisición permanente y no se puede retroceder.

Capítulo VIII
El Pensamiento

Todo el mundo anda buscando la felicidad, a veces llamada dicha, y, sin embargo, muchos de los que la buscan con tanto ahínco continúan pasando de largo ante la llave de esa felicidad.

La llave simple de la dicha perfecta y el poder inherente que la mantiene constante, es el autocontrol y la autocorrección. Pero esto es facilísimo de lograr una vez que se aprende la verdad de que *uno mismo es la Presencia "YO SOY" y la Inteligencia que controla y ordena todas las cosas.*

Alrededor de cada individuo hay todo un mundo de pensamientos creados por él mismo. Dentro de este mundo mental está la semilla, la Presencia Divina, el "YO SOY", que es la única Presencia que actúa en el Universo y la cual dirige toda energía. Esta energía puede ser intensificada más allá de todos los límites por medio de la actividad consciente del individuo.

La Presencia Divina Interior puede ser comparada con la semilla de un durazno. El mundo de pensamientos que la envuelve semeja la pulpa. La pulpa representa no sólo el mundo mental creado por el individuo, sino la substancia electrónica universal, siempre en espera de ser activada por la determinación consciente del individuo, para ser precipitada a su uso visible en la forma que a él convenga o desee.

El camino seguro hacia la comprensión y uso de este poder consciente, nos viene por medio del autocontrol. ¿Qué quiero yo decir con esa palabra "autocontrol"? *Primero,* el reconocimiento de la Inteligencia "YO SOY" como única Presencia activa; *Segundo,* que sabiendo esto, sabemos también que no existen límites o limitaciones para el poder de su uso; y, *Tercero,* que los humanos, habiendo recibido libre albedrío, libre selección y libre actuación, lo que crean en su mundo circundante, *es todo aquello en que fija su atención.*

Ha llegado el momento por fin, cuando todos deben comprender que el pensamiento forma el poder creador más grande en la vida y en el Universo. La única forma de usar ese pleno poder de pensamiento-sentimiento, que llamamos "Dios en Acción", es empleando el autocontrol y la autocorrección, con los cuales se puede rápidamente alcanzar la comprensión con qué usar y dirigir este poder del pensamiento, sin limitación alguna. Cuando se ha logrado el suficiente autocontrol, el individuo puede mantener su pensamiento fijo en cualquier deseo, al igual que una llama de acetileno que se mantiene inmóvil sobre una soldadura. Así cuando se mantiene inamovible la consciencia en cualquier deseo, sabiendo que la Presencia "YO SOY" es la que está pensando, o sea, que es Dios en Acción, entonces se comprenderá que se puede traer a la visibilidad, o precipitar, lo que quiera que se desee o se necesite. No es que no se pueda pensar en otra cosa; si así fuera ¿cómo podría uno realizar los 1,000 y un deberes que colman nuestros días? Es que cada vez que se tenga que recordar el punto en cuestión, se recuerda invariablemente que es Dios, o la Presencia "YO SOY" con todo su poder, la que está actuando para precipitarnos el deseo.

Oye bien; ha sido comprobado en miles de formas que el *efecto* de una cosa no puede traer felicidad. Sólo por la comprensión de la *causa* que opera es que el individuo se hace maestro o dueño de su mundo.

El autocontrol se ejerce pensando y diciendo inmediatamente frente a todo lo inarmonioso que se presente: "No señor. Esto no puede ser verdad porque mi "YO SOY" es perfecto. Borro, pues, todo lo que esté mal hecho por mi consciencia exterior y no acepto sino la perfección manifestada". ¿Qué pasa entonces? Que le has abierto la entrada a Dios "YO SOY", y Él endereza todo lo exterior.

Dice Saint Germain: "Amado estudiante, si pudieras comprender el esplendor magnificiente que se manifiesta en ti, cuando afirmas así tu autocontrol ante la actividad exterior, duplicarías todos tus esfuerzos para lograr ese autocontrol y maestría sobre toda expresión exterior. Así es que le permite a la Magna Presencia "YO SOY" liberar su gran Poder en nuestra consciencia y uso exterior".

Ahora vamos a quitar de la mente de los amados estudiantes el sentido de tiempo, espacio y distancia.

La llave que abre la entrada a todas las esferas superiores, los planos superiores, está en la sencillez y firmeza del autocontrol. Todo estudiante debe recordar esa gran verdad de que "donde está tu consciencia estás tú", y que el "YO SOY" está en todas partes.

La consciencia de que hay espacio, distancia y tiempo es sólo una creación del hombre. Pasar a través del velo finísimo que separa la consciencia de su pleno poder y actividad interior es sólo un asunto de estado de consciencia, o sea, de pensamiento y sentimiento. Aquellos que están esforzándose por alcanzar la Luz, están viviendo constantemente en esas altas esferas. La belleza de estas esferas sobrepasa toda imaginación. Cuando entres en ellas consciente y voluntariamente, encontrarás que todas las creaciones que existen allí son tangibles como cualesquiera de nuestros edificios de aquí

Con la afirmación: *"YO SOY el Poder de mi Autocontrol completo para siempre sostenido"*, les será más fácil lograr esta maestría. Los estudiantes deben hacerse conscientes de que cuando ellos reconozcan la actuación de la Presencia "YO SOY", es imposible que ella sea interrumpida o que se le interfiera en forma alguna. Al saber que no hay ni tiempo ni espacio, se tiene al alcance el conocimiento de la eternidad.

Para entrar en una esfera más alta que el mundo físico, plenamente consciente, sólo hay que ajustar o cambiar la consciencia. ¿Cómo hacerlo? Sabiendo que ya estás allí, conscientemente.

Afirma a menudo: *Por el Poder del Círculo electrónico que yo he creado en contorno mío, no puedo ser afectado ya por dudas y temores. Yo tomo gozoso el Cetro de mi "YO SOY" y piso resueltamente cualquiera de las Altas Esferas en que yo quisiera entrar, y conservo la clara y perfecta memoria de mis actividades ahí.*

Con esta práctica te encontrarás rápidamente gozando de la libertad ilimitada y la felicidad perfecta de actuar en cualquier plano que tú escojas.

El estar consciente de las cosas que están 1,000 años adelante es tan fácil y tan accesible como ir a tus repisas a tomar un libro que necesites. El gran obstáculo para la libertad humana ha sido la gran ilusión del tiempo y el espacio en la creencia general.

Aquellos que han llegado a la gran desilusión de ver que la riqueza y los efectos exteriores de las cosas no pueden traer la dicha, comprenden la gran bendición que dentro de su propio pensamiento creativo, su propio poder y su propio pensamiento, tienen toda la dicha, la libertad perfecta y el dominio.

Cuando el estudiante comprenda que aquello en que él conecta su atención se le adhiere, se convierte en él, o él se convierte en aquello con toda la intensidad que él emplee, verá la importancia de mantener su atención lejos de todo lo destructivo en la experiencia humana. Aprende a invocar en estos momentos a la Amada Presencia "YO SOY", antes de fijar la atención en las cosas destructivas.

El discutir y comentar los defectos de nuestros amigos, familiares y asociados, nos comunica esos defectos a nuestras propias consciencias y parece que aumenta el defecto que vemos en el otro. Esto es fijar la atención en lo destructivo y nos convierte en ello.

El hecho de que existen magos negros en el mundo (brujos), o sea, ciertos hijos de Dios que dirigen mal y contaminan la energía electrónica que les viene de su Presencia "YO SOY", no es razón para que permitamos que nuestra atención se fije en ese acto, simplemente porque conocemos los hechos. Lo que nos incumbe es que mantengamos nuestra atención libre para que se fije en nuestro propio autocontrol impulsándolo a que se pose en lo que nos conviene.

Pocos se dan cuenta que cuando vuelven a pensar o a estudiar un caso negativo o destructivo, o que cuando alguien los ha degradado en alguna forma y ellos se permiten volver a repasar el incidente, se están grabando y fabricando ese caso en sus consciencias puras, ensuciándolas y atrayendo el resultado para que vuelva una y otra vez a ocurrir.

Pero yo quiero imprimir en las mentes de los estudiantes que es tonto dejarse afectar y perturbar por actividades, reales o imaginarias de la consciencia exterior, ya que una vez que sepan *"YO SOY"* la *única Presencia Todopoderosa actuando en mi mente, mi cuerpo y mi mundo,* ya no podrán ser afectados ni perturbados por ninguna asociación del mundo exterior. Deben saber que están enteramente inmunes de las molestias y perturbaciones de la mente de otros, no importa lo que traten de hacernos.

Cuando el individuo se da cuenta de que su propio pensamiento y sentimiento le puede producir todo lo que él necesite, se sentirá libre del deseo de las riquezas y todo lo que el mundo exterior pueda ofrecerle.

Les aseguro que no existe un mundo "sobrenatural". En cuanto pisamos una esfera superior a ésta, aquélla se hace tan real y verdadera como ésta. Es simplemente otro estado de consciencia. Para alegría de tus familiares te diré que de aquí a 100 años habrá centenares de personas que podrán usar los rayos cósmicos para limpiar y conservar sus casas, y cuando ya no sientan la necesidad de seguir las modas creadas por las ideas comercializadas, tejerán sus mantos "de un solo hilo y sin costuras" hechos con los rayos cósmicos.

Muchos estudiantes me preguntan cómo es que los maestros, con todos sus poderes creadores, prefieren vivir en habitaciones humildes. La explicación es sencilla. La mayor parte de sus actividades son en altas esferas, dirigiendo magnos rayos de Luz para la bendición de la humanidad desde sus hogares de Luz y Sabiduría tan bellos y trascendentes, como para hacerse invisible a aquellos que aún ocupan cuerpos físicos. Si los estudiantes lograran comprender esto les evitaría mucha confusión y les quedaría más tiempo para usar en la actividad de la Gran Presencia "YO SOY".

Esto los llevará al estado trascendente que consume la ansiedad por las riquezas del mundo exterior, todas las cuales no son sino basura en comparación al poder creador inherente en todo individuo. Este puede traer a la manifestación el poder trascendente a través del autocontrol y maestría. Yo te digo, amado estudiante, hijo de Dios Único: ¿No vale la pena usar tu más sincero esfuerzo cuando sabes que no puedes fallar? Empuña el cetro de tu Magno Poder Creador y libérate para siempre en todas esas ataduras y limitaciones que han torturado a la humanidad a través de las edades. Yo te aseguro que todo el que se empeña en adquirir el cetro y esta maestría recibirá toda la ayuda necesaria.

Aquel que tenga la comprensión de su habilidad creadora debe saber que él puede crear todo lo que se le antoje, no importa cuál sea la ruta vibratoria, en la Luz, o en cualquiera otra condensación que desee él mantener.

Tú sabes que tienes la habilidad de transferir tu pensamiento de Caracas a Nueva York en el mismo instante, lo mismo que cambiar tu pensamiento desde una condición de Luz a una condensación muy espesa, tal como el hierro. Esto te hará ver que lo que tú haces en cada momento consciente y voluntariamente, puedes hacerlo con mucho poder si fijas tu atención conscientemente manteniéndola en aquello que deseas manifestar.

El hecho de que tú no te hayas precipitado aún de lo invisible a lo visible es lo que produce esa duda que te molesta. Hasta el día en que manifiestes una sencilla precipitación, tu valor y confianza surgirán y en el futuro no tendrás inconveniente en precipitar lo que quieras. *La atención* es el canal por medio del cual la Magna Energía atraída fluye a su realización.

La humanidad, a través de las centurias, se ha formado estos muros de limitación. Ahora hay que derrumbarlos y consumirlos de cualquier manera que podamos. Al principio se necesita determinación para lograrlo, pero cuando uno sabe que el Poder de "YO SOY" es el que está actuando, también sabe que no es posible fallar. El exterior sólo tiene que mantener la atención fija sobre el objeto que quiere hacer visible, se concentra, y de pronto lo encuentra plasmado y se asombra al constatar que ha vivido tanto tiempo sin hacer uso de este poder.

El largo del rayo que se desprende de la substancia precipitada condensación de Luz, es controlado por la consciencia del que lo usa. Si esa consciencia se eleva muy alto el fulgor es muy grande.

La "Joya de Luz" está aún en su trascendente estado de perfección. La joya es una substancia condensada, tal como el diamante, esmeralda o rubí, pero, naturalmente, tomará la condición del que la lleva. Si la ruta vibratoria de éste es baja, la joya o piedra perderá su brillo, mientras que si el pensamiento es trascendente, esta piedra se pondrá muy luminosa.[1]

Cuando ya se es un estudiante sincero, que está alcanzando la Luz, tiene que calificar todo lo que hay en su

---

[1] Toda joya representa una alta actividad de la Substancia Divina. Cuanto más intenso el fuego, mayor el Poder purificador. El oro no necesita de ningún otro elemento ni tampoco se adhiere a ninguno. Todos los metales y aleaciones se adhieren a él. Esto es porque el oro es un elemento puro. En toda actividad en que actúe el fuego hay un momento en que la llama se pone dorada. Toda consumación de substancia es, en cierto momento, de color rojo; porque el rojo es el color de la liberación de impurezas.

ambiente con la calidad de su Presencia "YO SOY", no importa qué apariencia tenga.

Si el temor te hace creer en una presencia perturbadora, tú eres el responsable, ya que si hubiere una Presencia perturbadora y tú la calificas con la Presencia "YO SOY", verías cuán imposible sería que ella te pudiera perturbar. No hay sino una sola energía actuando, y en el propio momento en que tú reconoces en ella la Presencia "YO SOY", tú has recalificado aquella actividad con perfección.

La expectativa es una poderosa consciencia calificadora. La expectativa intensa es una cosa estupenda; ella siempre manifiesta. El hombre, a través de las centurias, ha creado un velo que le oculta estas esferas trascendentes. Ahora, si él lo ha creado, entonces el sentido común y la razón le dicen que él puede disolver esa creación.

Una relación poderosa ha salido hacia los estudiantes, radiación que será sostenida hasta que ellos reciban este trabajo que se ha dictado hoy. Pero transmitirles la sencillez, la facilidad y la seguridad con que puede ser materializada la idea, por medio del pensamiento y sentimiento creativos, es cosa que se debe meditar. Esto disolverá la acción de: "¿Podré yo?", y en su lugar dirá: "Yo puedo" y "YO SOY". A toda afirmación y decreto, agreguen que desean conservar la memoria de cada experiencia y resultados.

Si los estudiantes se mantienen armoniosos, de tiempo en tiempo recibirán la iluminación que les dará toda la confianza necesaria. Manténganse asidos a una idea y sepan que cualquier conocimiento que necesiten les vendrá instantáneamente.

Cuando permites que tu atención se fije en algo, en ese momento le estás dando el poder de actuar en tu mundo, es decir, que no puede existir una cualidad o una apariencia en tu mundo sino aquella que tú mismo le des.

Capítulo IX
Meditación

Una de las cosas más importantes, aun para los estudiantes más sinceros, es la necesidad de darle tiempo a la meditación por la mañana o por la noche, la de aquietar la actividad exterior para que la Presencia Interior pueda surgir sin obstrucción.

Meditar significa realmente sentir la activa Presencia de Dios, por eso cuando se entra en meditación no debemos arrastrar con nosotros todas las perturbaciones que nos han atacado hasta ese momento. Hay que quitar conscientemente del sentimiento y de la atención todo aquello que pueda perturbar, pues es una actitud para sentir la Presencia de Dios y no para revolver todas las molestias. Cuando se dio aquella afirmación: "Conoced la Verdad y ella os hará libres", la intención fue la de reconocer y aceptar la actividad de la Gran Presencia "YO SOY". Por eso: 1) Hazte consciente de que el "YO SOY" es el primer principio y que es la absoluta seguridad de liberación; ahora mismo. 2) Conoce que *YO SOY es la activa Presencia que gobierna toda manifestación en tu vida y tu mundo per-*

fectamente. Así habrás entrado a la Verdad que te dará toda libertad.

Debo hablar de una cosa que sería risible si no fuera tan seria. Tú castigarías a tu perrito si constantemente trajera huesos de la cocina a la alfombra de tu salón. Naturalmente te parecería que está haciendo algo inarmonioso. ¿No sabes, amado estudiante de la Verdad, que cuando permites que tus pensamientos remuevan experiencias desagradables, estás haciendo algo mucho peor que lo del perrito? Lo malo, y que aparenta ser tan difícil de comprender, es que nunca, bajo ninguna circunstancia, se debe atajar el agua que ya pasó por debajo del puente. En otras palabras, las experiencias desagradables, las pérdidas, o cualquier imperfección que haya ocurrido en tu vida no deben jamás ser abrazadas y mantenidas en el presente. Ya pasaron; olvida y perdona. El dar y perdonar es Divino. Por ejemplo: Si un individuo ha entrado en un negocio y ha fracasado, es siempre por la inarmonía mental de su actitud y sus sentimientos. Si cada individuo en circunstancias semejantes mantuviera con firmeza que sólo existe Dios en Acción, lograría el éxito más perfecto.

Desde el momento que todos tenemos libre albedrío, aquél que no controle su mundo sensorial se encontrará destrozándolo todo, lo propio y lo ajeno. Tal es la Gran Ley, a menos que el individuo corrija sus pensamientos y sentimientos y los mantenga corregidos.

Todo ser encarnado ha cometido cantidad de errores. Por esta razón nadie debe permitirse una actitud de: "*YO SOY más santo que tú*", sino que por el contrario, se debe invocar la Ley del Perdón, ya que si se está sintiendo crítica, condenación u odio hacia otro hijo de Dios, sabrá que jamás podrá prosperar. En vez de ello debe decirle mentalmente a la persona en cuestión: "Te mando la plenitud de mi Amor Divino para bendecirte y para que prosperes". Esta es la actitud que libera de los fracasos de la actividad exterior.

Aquellos individuos que están constantemente dando vueltas en sus mentes y en sus discursiones a algún negocio que fracasó, deben saber que al final se destruirán ellos mismos si no apelan a la Ley del Perdón para borrar completamente aquella situación.

Aquel que se mantiene en actitud vengativa por algún mal imaginario o real, traerá sobre sí mismo la incapacidad mental y física (parálisis o mal de Parkinson). Aquel dicho antiguo: "A menos que tú perdones ¿cómo esperas ser perdonado?", es una de las más graves leyes en la experiencia humana. ¡Si pudieras ver cómo se pegan las cosas que ya no se quieren, cuando se permiten repasar las discordias que se considera que ya no tienen remedio!

La cosa más grande que la humanidad está buscando en realidad es la Paz y la Libertad, que siempre son las puertas de la dicha. No hay sino una sola manera de recibir esto y es conocer a Dios en la Presencia "YO SOY", y que esta Presencia es la única Inteligencia que actúa en tu vida y tu mundo en todo momento. Adopta esto, vívelo. Una de las cosas más asombrosas que he atestiguado desde que estoy en el Estado Ascendido, es la idea distorsionada de la Libertad financiera. No hay sino una roca segura sobre la cual se puede construir la libertad financiera eterna, y es la de conocer y sentir en todas las fibras del ser: *"YO SOY la substancia, la opulencia, ya perfeccionadas en mi mundo, de todas las cosas constructivas que pueda yo concebir o desear".*

Esta es la libertad financiera verdadera. Este concepto te la traerá y no dejará que se te escape.

Por otra parte el hombre puede usar consciente o inconscientemente lo necesario de esta Presencia "YO SOY" o de esta Energía Divina para acumular a través de la actividad exterior millones de dólares. ¿Pero dónde está la seguridad de que los van a conservar? Yo te aseguro que es imposible que ningún ser en el mundo físico pueda conservar la riqueza acumulada si él no tiene en cuenta que Dios es el Poder que la produce y la mantiene. Tú ves frente a ti constantes ejemplos de grandes riquezas que se van en una noche. Hay miles que en recientes pasados años se han visto en este caso, y si aún después de haberla perdido toman la decisión consciente: *YO SOY la riqueza de Dios en acción ahora manifestada en mi vida y mi mundo"*, la puerta se les hubiera abierto inmediatamente para recibir de nuevo la abundancia. ¿Por qué se dice "de nuevo"?, porque si fueran ricos habrían construido un gran *momentum* de confianza. Todos los requisitos estaban a la mano para que las riquezas continuaran; pero en la mayoría de los casos de estas pérdidas se les permite la entrada a grandes depresiones, a menudo odios y condenación, que es lo que cierra la puerta al progreso.

Permíteme asegurarte, amado hijo de Dios, que jamás existió en este mundo una condición tan mala que estuviera fuera de la Activa Presencia de Dios "YO SOY" con su eterna fuerza y valor para reconstruir de nuevo la independencia financiera. Yo quiero que los estudiantes entiendan lo siguiente: En estos días de derrumbe de tronos y gobiernos, de fortunas individuales, necesitan conocer y comprender que sus riquezas han volado por ignorancia e incomprensión. La Presencia "YO SOY" en ellos, Dios en Acción, es el reconstructor seguro de la fe, la confianza, la riqueza, o sea, lo que sea que quieran ellos enfocar con su atención consciente; y así permiten ellos que esta energía interior fluya a través de sus deseos, pues éste es el único Poder que jamás haya logrado algo.

Todo individuo que haya expresado una aparente pérdida económica debe inmediatamente usar la maravillosa afirmación de Jesús: *"YO SOY la Resurrección y la Vida..."* (de mi negocio, mi comprensión, o lo que sea pertinente). Te digo francamente, amado estudiante, que no hay esperanza alguna en el cielo o Tierra para aquél que persista en mantener en su consciencia pensamientos y sentimientos de crítica, condenación y odio de cualquier descripción, y esto incluye tu propia actividad y tu mundo. No te incumbre juzgar a otro porque tú no conoces las fuerzas que lo influyen a él ni a sus condiciones. Tú sólo conoces el ángulo que tú ves de él, y yo te digo que si alguien manda pensamientos de crítica, condenación y odio a un tercero que fuera enteramente inocente de todo intento de dañar al prójimo, que estaría cometiendo algo peor que un asesinato físico. ¿Por qué es esto? Porque el pensamiento y sentimiento forman el único poder creador y aunque dicho sentimiento y pensamiento pueden no dañar el objetivo, tienen que devolverse y arrastrar las condiciones enviadas por el individuo que las lanzó, y siempre con energía acumulada. Así es que tales pensamientos dañinos hacia otros están destruyendo los negocios y asuntos del que los manda. No hay forma posible de evitarlo excepto que aquel individuo se despierte y conscientemente invierta las corrientes.

Vamos a dar un paso más. A través de todas las edades han existido asociaciones comerciales en las cuales una o dos personas han tenido el intento deliberado de dañar, y otros individuos absolutamente inocentes han sido culpados y encarcelados. Yo te digo que es una Ley infalible que aquél o aquéllos que puedan causar el encarcelamiento de personas inocentes, privándolas de su libertad de acción, se atraerán la misma experiencia en sus propias vidas hasta la tercera y cuarta encarnación siguiente.

Yo preferiría 1000 veces morir que ser el instrumento que pudiera privar de su libertad a cualquiera de los hijos de Dios. No hay crimen mayor en la experiencia humana de hoy en día que el uso de las evidencias circunstanciales, porque en 99 casos de cada 100 se encuentra después que han sido enteramente falsas. Algunas veces la verdad no es conocida jamás por los sentidos exteriores.

De manera, amados estudiantes, que ninguno de aquellos que buscan la Luz se constituye en juez de ningún hijo de Dios.

Vamos a suponer que alguien a quien amamos mucho esté actuando disparatadamente. ¿Qué es lo primero que hace el mundo en general? Pues juzgarlo y criticarlo. La cosa más poderosa que se pueda hacer en pro de esa persona es llenarlo de amor y conocerlo mentalmente *"YO SOY Dios en Acción, la única Inteligencia y Actividad controlando a este hermano o hermana"*. Continuar hablándole mentalmente a su consciencia es la más grande ayuda que se puede dar.

Muchas veces los argumentos verbales con semejante individuo forman una condición antagónica, intensificando en vez de borrar la actividad. En el trabajo silencioso lograrías tu objetivo con absoluta certeza.

Nadie puede conocer lo que la Presencia "YO SOY" de un tercero desea hacer. Estas son verdades vitales que al emplearlas traerían gran paz a las vidas de los demás. Muchas veces, el esfuerzo puesto en algunos negocios, no puede impedir la ruina de los mismos porque hay en la consciencia de los actuantes un juicio y condenación ocultos o un sentimiento de odio disimulado hacia otro.

El estudiante o individuo que desee progresar rápidamente en la Luz no debe jamás dormirse hasta que haya enviado su amor a todo individuo que él considere que lo ha dañado en cualquier momento. Este pensamiento de amor sale derechito como una flecha hacia la consciencia del otro individuo, porque no hay nada que lo puede detener, y generará su calidad y poder allí donde ha sido enviado. Es seguro que se devuelve en el mismo instante en que es enviado. No hay ningún elemento causante de tantos malestares del cuerpo y de la mente como el sentimiento de odio enviado hacia otro individuo. No se puede predecir cómo irá a reaccionar en la mente y el cuerpo del que lo envía. En uno puede que produzca un efecto, y en otro un efecto diferente. Que se entienda bien; el rencor o resentimiento no son sino otra forma de odio, odio de un grado menor.

Un pensamiento maravilloso para vivir con él siempre, es el siguiente: *"YO SOY el pensamiento y el sentimiento creador perfecto presente en todas las mentes y corazones de todo el mundo en todas partes"*. Es algo maravilloso. No solamente da paz y reposo al que lo envía o al que lo genera, sino que provoca dones sin límites que vienen de la presencia.

Otro pensamiento es: *"YO SOY la magna Ley de Justicia y Protección Divina actuando en las mentes y corazones de todo el mundo"*. Puedes aplicar y usar esto con enorme fuerza y poder en todas las circunstancias. Otro es: *"YO SOY el Amor divino que llena las mentes y corazones en todas partes"*.

Absolutamente todo en la experiencia humana puede ser gobernado por la Presencia "YO SOY". *El uso de la Presencia "YO SOY" es la más alta actividad que se puede enseñar.* Cuando tú dices "YO SOY" pones a Dios en actividad. Cuando sientas y conozcas la enormidad del uso de esta expresión, realizarás el enorme poder del "YO SOY". Cuando tú dices *"YO SOY el Poder de Dios Todopoderoso"*, no hay otro poder que pueda actuar; habrás liberado y soltado la plena actividad de Dios.

Otra afirmación: *"YO SOY la memoria consciente y la comprensión en el uso de estas cosas"*. Cuando tú digas: *"La Presencia YO SOY me viste con mi traje de Luz Eterna y Trascendente"*, esto actúa realmente en ese momento.

El lugar secreto del Altísimo es esta Presencia "YO SOY". Las cosas sagradas que te estoy revelando no debes ponerlas a un lado. Son como perlas. Procura conocer siempre: *"YO SOY el perfecto aplomo en mi hablar y en mi actuación en todo momento porque YO SOY la Presencia protectora"*, esto actúa realmente en ese momento.

El lugar secreto del Altísimo es esta Presencia "YO SOY". Las cosas sagradas que te estoy revelando no debes ponerlas a un lado. Son como perlas. Procura conocer siempre: *"YO SOY el perfecto aplomo en mi hablar y en mi actuación en todo momento porque YO SOY la Presencia protectora"*. Entonces la guardia siempre está montada.

La energía de Dios está siempre en espera para ser dirigida. Inherente en la expresión "YO SOY" está contenida la actividad autosostenida. Ahora sabes que el tiempo no existe; esto te trae a la acción instantánea y tu precipitación pronto tendrá lugar. Precediendo a la manifestación sentirás siempre una quietud absoluta.

Afirmaciones metafísicas para la persona que está en pleno caso judicial:

"YO SOY" la Ley.
"YO SOY" la Justicia.

"YO SOY" el Juez.
"YO SOY" el Jurado.

Sabiendo que el "YO SOY" es Todopoderoso afirma entonces que *sólo la Justicia Divina puede hacerse aquí.*

CAPÍTULO X
Energía Inagotable

De los siglos de actividad hemos llegado al punto focal donde las experiencias de las edades entran en acción instantánea, donde todo tiempo y espacio se convierte en la *Única Presencia de Dios en Acción ahora*. Sabiendo que es la Presencia de Dios "YO SOY" que late en tu corazón, sabes entonces que tu corazón es la Voz de Dios y que a medida que tú meditas y dices: *"YO SOY la suprema inteligente actividad de mi mente y mi corazón"*, traerás a éste el verdadero y divino sentimiento en que puedes confiar.

Tanto tiempo ha venido la humanidad amando sólo con la periferia del círculo, que una vez que el estudiante se dé verdadera cuenta que Dios es Amor y que la actividad de Dios-Amor se proyecta por el corazón, comprenderá que al enfocar su atención en el deseo de proyectar amor hacia cualquier propósito, puede generar amor a un grado ilimitado; y que éste es el privilegio supremo de la actividad exterior de la consciencia. La humanidad no ha comprendido hasta ahora que el Amor Divino es *un Poder,* una *Presencia, una Inteligencia, una Luz y una entidad* que puede ser engrandecida al tamaño de una llamarada sin límites, que está en la capacidad de todo individuo, especialmente si es estudiante de la Luz, el generar esta Presencia de Amor que se convierte en una invencible, inagotable, pacificadora entidad, presente en dondequiera que el individuo la dirija.

Hay quienes dicen y creen que "al Amor no se le puede mandar". Y yo te digo que el Amor es el Primer Principio de la vida y puede ser generado a cualquier grado y sin límite alguno, para uso infinito. Tal es el privilegio majestuoso y el uso y dirección conscientes que se le puede dar al Amor.

Cuando digo "generar" quiero decir el abrirle la puerta por devoción consciente a la emanación de esta fuente inagotable de Amor Divino que es el Corazón de tu Ser. El Corazón del Universo.

Por la contemplación de este poder infinito del Amor, los estudiantes se convertirán en una fuente tal de emanación, que podrán disponer del uso infinito dirigiéndolo conscientemente.

Cuando mis amados estudiantes deseen apresurar su liberación de tales o cuales actividades exteriores, molestias dolorosas, etc., y les recomiendo afirmar: *"YO SOY la Presencia que ordena, la Energía inagotable, la Sabiduría Divina haciendo que mi deseo sea cumplido"*. Esto te hará libre de cualquier condición indeseable, y es la forma que es permitida por la propia Ley de tu Ser. Y ya que conoces esto, puedes saber también además: *"Esta Presencia YO SOY ahora permanece intocada por toda condición exterior perturbadora. Sereno yo pliego mis alas y moro en la acción perfecta de la Ley Divina y en la Justicia de mi Ser, ordenando que todo en mi círculo aparezca en perfecto Orden Divino"*.

Este es el mayor privilegio del estudiante y debe ser su mandato en todo momento. Aquí te diré algo que debe serte muy animador. Cada estudiante que está luchando por alcanzar la luz está siendo templado tal como el mejor acero, para que dure el mayor tiempo, soporte mejor todo y sea lo más fuerte. Esto es lo que la experiencia de la vida le trae al individuo. Cuando uno ansía ser liberado y siguen apareciendo experiencias atribulantes, no son éstas sino el fortalecimiento del carácter para darle la última, perfecta y eterna Maestría sobre todas las cosas exteriores. Puedes pues, con esta comprensión regocijarte de la experiencia, ya que te está volviendo hacia la gloriosa, maravillosa Presencia "YO SOY" para que te asolées en Ella.

Así, amado estudiante, no te desesperes en medio de las experiencias que aparentan pesar sobre ti. Enfréntate a ellas con regocijo, porque cada paso hacia adelante lleva a la Meta Eterna y no tiene que ser repetido. Que el estudiante recuerde siempre usar la afirmación siguiente: *"YO SOY la fuerza, el coraje, el poder de adelantar a través de toda experiencia, cualquiera que sea, y permanezco alegre, elevado, lleno de paz y armonía en todo momento, por la gloriosa Presencia que YO SOY".*

Para el atleta, el momento antes de la carrera está lleno de gloriosa anticipación, pero a medida que se aproxima a la meta y el adversario se le va acercando, él pone todos sus últimos esfuerzos, el aliento se le agota y con el último salto alcanza la línea de la victoria. Asimismo ocurre con los estudiantes en el sendero. Saben que con la práctica de la Presencia "YO SOY" no pueden fallar, de modo que todo lo que falta es apretarse el cinturón, armarse para lo que sea necesario y decirle adiós con la mano al adversario. Pero más afortunado que el atleta es el estudiante que sabe desde el principio que él no puede fracasar porque *"YO SOY la Energía Inagotable e Inteligente sosteniéndome".*

El poder de precipitación está dentro de la Presencia "YO SOY". Esto debe ser recordado en todo momento. *"YO SOY el Principio vital en éste mi cuerpo. En todas partes, hasta en el Corazón de Dios, soy la Inteligencia gobernante del Universo. Luego cuando yo quiera precipitar algo, no importa qué cosa sea, yo sé que YO SOY el Poder actuante, YO SOY la substancia que está siendo utilizada, y ahora la traigo a la manifestación visible para mi uso".*

La meditación de esta frase que acabo de expresar le permitirá al estudiante entrar en esta actividad sin tensión ni ansiedad.

Lo que enfrenta al estudiante en este asunto de la precipitación, es el asunto dinero. La primera pregunta es siempre: ¿Cómo se puede precipitar dinero sin interferir o sobrepasar el límite asignado por el Tesoro Nacional? Desde que se estableció el dinero como patrón de cambio, y siendo, como quien dice, el oro lo que respalda o ampara este patrón, o sea, la seguridad de toda emisión, hay que recordar que ha habido innumerables desastres de toda forma, en lo que se ha perdido el oro o las remesas de dinero por valor de billones. De la misma manera han desaparecido miles de toneladas de oro de diversos países, sumergidos en el océano y enterradas en lo profundo por cataclismos ocurridos. Por lo tanto, como la precipitación se hace del aire, es oro en su estado natural y tendría que ser en cantidades grandísimas para que existiera el peligro de pasar el límite del permiso legal para su uso. Además, el oro es siempre legal para su uso y como el mundo tiene ofrecida una prima para que sean producidas mayores cantidades de oro, ¿por qué no precipitarlo y así beneficiar al mundo? Ahora, no me hago responsable por las preguntas que les sean hechas cuando ustedes presenten su precipitación de oro. Ustedes no se dan cuenta del alcance de la curiosidad de la mente exterior en cuanto se alborota la atención respecto al oro. A menos que se sepa de la posesión de una mina de dónde extraerlo, por ejemplo, la mente humana se enciende de inmediato. Toda demanda por inquirir el origen de vuestro oro es una sutil forma de indagación para descubrir vuestra fuente "e ir pegado". Mi opinión es que se responda a esas inquisitorias: "Esto es oro. A usted no le importa en dónde lo he adquirido. Pruébelo, analícelo. Si no es cien por ciento oro, puede rechazarlo, y si es oro puro, usted está obligado a recibirlo por la Ley de su Gobierno".

Sin embargo, no olviden que la Presencia "YO SOY" es quien lo gobierna. Ella es quien lo hace circular sin tropiezos.

CAPÍTULO XI
El Dios Himalaya

Esta es la primera vez que la Presencia de esta Entidad Luminosa es traída al conocimiento del mundo exterior. De Él es quien reciben sus nombres los Montes Himalayas. Desde que éstos fueron conocidos han constituido una corriente de vida sagrada y mantenida inflexible. Por esto, aquellas almas que entraron en su radiación fueron elevadas a la unión con la Forma Fulgurante de Él, de donde ellas han estado enviando sus Rayos de Actividad para bendición de la humanidad. De ello deriva el gran magnetismo del Tibet.

Así como el destino de la India y de América ha sido entretejido como dos lianas que reúnen el Árbol de la Vida, así de nuevo viene la ayuda radiante para fundir en armonía las mentes de manera que su progreso prosiga sin interrupción.

Hoy existen miles, que procedentes de la India, han reencarnado en América. Asimismo hay miles de americanos renaciendo en la India para traer su mixtura y su proceso balanceador a ambas secciones de la Tierra.

Esta gran entidad que te ha sido presentada después de muchas centurias en el Gran Silencio, da este paso hacia acá para ejercer el proceso consciente de espíritu y manifestación ofreciéndote el cáliz de fuego líquido espiritual, derramándolo en los corazones de la humanidad para provocar en ella un deseo mayor de luz proveniente de la Gran Fuente de Luz "YO SOY" Dios en Acción en todas partes.

La entrada de esta Gran Presencia a la actividad humana se regará como un hilo de luz a través de todas las Américas; y expandiendo su Luminosa Presencia como un manto de nieve dorada que va cayendo suavemente será absorbida por las mentes humanas, la mayoría de las cuales no se darán cuenta, aunque algunas sentirán esa Presencia penetrante interior.

Si aquellos que están bajo esta radiación continúan en un bello y armonioso progreso, será posible traerles a la atención ciertas actividades del fluido nervioso que apresurará sus maestrías sobre la forma exterior, lo que quiere decir, maestría sobre todas las condiciones que aparentan aprisionarlos.

Debes estar alerta, lo mismo tus discípulos, para invertir todas las condiciones negativas que aparezcan a los sentidos. Para darte un ejemplo: Si sientes frío, invierte la consciencia y asegúrate que eso no es cierto y que lo normal es la buena temperatura. Si sientes calor, inviértelo con la consciencia del frescor normal. Si estás exuberante de alegría por causa de una buena noticia, hay que decir: "Paz, aquiétate". No conviene obligar la balanza alterando la Ley del Ritmo. Decreta la calma, el reposo y seguridad. El ideal en todas las comunicaciones de los sentidos es el moverse en la vía del medio, el equilibrio, conservando la tranquila maestría del "YO SOY". Esto permitirá el establecimiento de una corriente fluídica, continua, de energía e ideas creativas viniendo del corazón del Gran Sol Central, de donde viene este Gran Ser, el Dios Himalaya. Esto también te capacitará para recibir y usar inmensamente más de la radiante energía que Él emana. La razón por la cual te ha atraído la atención sobre Él es para que puedas recibir en forma ilimitada esa energía. Además de la que extraes por tus esfuerzos conscientes.

Los estudiantes deben comprender que los Maestros no vienen a ellos por iniciativa individual de ellos, sino que son los Maestros los que han escogido a los estudiantes para que éstos reciban Su Radiación. Es un privilegio que no se puede calificar en palabras. Sólo se puede sentir o ver. Además, la misión del Maestro no es la de asumir vuestras responsabilidades ni resolver vuestros problemas, sino la de comunicar la comprensión inteligente que los discípulos puedan aplicar en sus vidas, y así resolver sus propios problemas. Así adquieren la fuerza, el valor y la confianza para continuar paso a paso en la maestría consciente que domina el ser y el mundo exterior.

Al llegar un momento en el crecimiento espiritual, nosotros oímos a los estudiantes invocándonos con gran sinceridad: *"Grandes Maestros, ayúdenos a resolver nuestros problemas"*. Para darles ánimo y fuerzas les diré que no se tiene la menor idea de la Radiante Presencia de los Maestros derrámandoles fuerza, valor, confianza y luz. Los estudiantes están totalmente inconscientes de esto. *No hay sino una sola forma que todo aquél que posee sabiduría puede emplear para dar una ayuda permanente a aquellos hermanos que piden asistencia,* y es la de instruirlos en estas simples leyes que les darán la victoria y el dominio sobre el ser y el mundo exterior. Porque hacer lo que piden estos estudiantes, o sea, que se les resuelvan los problemas, sólo logra *retardar su progreso y debilitarlos inmensamente*. Únicamente decretando su propia fuerza se logran las victorias y se gana la confianza que no puede venir de ninguna otra forma. Así entra el estudiante en la plenitud de sus propios poderes. Con la práctica consciente de su Poderosa Presencia "YO SOY", el estudiante adelanta sin ninguna vacilación hacia su meta de victoria.

La razón por la cual no se le informa al estudiante sobre la asistencia que los Maestros le estamos dando es para impedir que se recueste sobre un soporte exterior. Sería el error más grande que pudiéramos cometer, hacer o decir lo que haría conocer nuestra Presencia, por lo cual el estudiante se apoyaría en nosotros. Por lo demás, el estudiante no tiene nada que temer, y debe saber que le damos siempre toda la asistencia posible, y de acuerdo al grado de adelanto que va logrando.

La Presencia "YO SOY", la Hueste Ascendida y el Maestro Jesús son todos una misma cosa. A través del uso y el reconocimiento de la presencia "YO SOY", yo te aseguro que puedes positivamente producir *cualquier cualidad que desees manifestar en la Consciencia exterior*. No tienes sino que ensayarlo.

Lo que todos necesitan recordarle constantemente a la consciencia exterior es que cuando se dice: "YO SOY" esto o aquello, se está poniendo a Dios en Acción, y que esto es la propia vida individualizada, la Vida del Universo, la Energía del Universo, la Inteligencia en el Corazón del Universo gobernándolo todo, absolutamente todo. Es esencia, vital, recordarle constantemente esta Verdad a la consciencia exterior. Esta consciencia produce el entusiasmo gozoso que irá aumentando continuamente. En ningún momento debe haber un paro en el gozo de este uso, porque es absolutamente el sendero de la completa Maestría.

Los estudiantes deben darse cuenta de que ellos son el Poder Consciente que controla sus vidas y sus mundos y que pueden llenarlos con cualquier cualidad que necesiten o que deseen.

Aquellos que sufren de disturbios físicos intermitentes deben hacer consciencia a menudo de *"YO SOY el aliento perfectamente controlado de mi cuerpo"*, y en conexión con esto deben hacer tan a menudo como puedan la respiración rítmica. Esto les dará un equilibrio de la respiración que es de inmensa ayuda para el control de pensamiento.

Una cosa muy importante para los estudiantes sinceros es que deben evitar escuchar cosas perturbadoras y negativas, porque éstas dejan entrar elementos indeseables que se infiltran inconscientemente. Cuando materialmente no se pueda evitar debe hacerse la siguiente afirmación: *"YO SOY la Presencia Guardiana que consume al instante todo lo que busque perturbarme"*. Así no solamente se protege él mismo sino que ayudará también a otra persona. Aunque no se debe temer nada, es necesario mantener una guardia consciente hasta que se haya obtenido la suficiente maestría para controlar los pensamientos, los sentimientos y la receptividad.

Procura mantenerte lo más posible en el gozo y entusiasmo de la Presencia "YO SOY". Entrégale todo el poder y no mantengas preguntas en tu mente. Tira todo a los cuatro vientos, entrégaselo todo y espera sus revelaciones mágicas. La maravillosa, milagrosa Presencia es la que puede resolver todas las cosas, todos los problemas y contestar todas las preguntas que necesiten revelaciones y contestaciones. Una grandiosa afirmación de inmensa ayuda es: *"YO SOY la milagrosa Presencia trabajando en todo lo que yo necesito que se haga"*.

Aquellos que meditan o contemplan lo que quiere decir "YO" o "YO SOY" reciben resultados, revelaciones y bendiciones fuera de toda ponderación. Yo estoy seguro que tus discípulos comenzarán muy pronto a sentir y a manifestar la extraordinaria actividad de esta práctica. Yo mismo lo estoy sintiendo ya en ustedes.

Mientras tu cuerpo duerme, hay en los planos superiores un constante visiteo e intercambio de ayuda. Es algo de lo cual tu ser exterior no puede tener conocimiento.

En el mismo momento en que puedas tranquilizar la mente exterior y ponerla bajo control te vendrá tal cantidad de revelaciones que se atropellan en tu mente. Y sabiendo que *"YO SOY la Esencia misma de todo aquello que yo deseo"*, ya sabes que te es posible producir en forma visible y tangible cualquier cosa que tengas en la consciencia.

De acuerdo con una necesidad imperante, el Maestro Himalaya quiso venir a este plano. Él trae una mezcla especial de América y de la India, y por eso es que le es posible aparecer aquí. A Medida que la Presencia Interior entra en actividad, toda otra actividad cesa. Es lógico y necesario porque la actividad obedece a la Presencia "YO SOY". Una Nieve Dorada es esparcida sobre todas las Américas por la Presencia para ser absorbida, no solamente por los individuos, sino por las partículas de la atmósfera. En cuanto los estudiantes se convierten voluntariamente en focos de esta emanación, son bendecidos y ayudados.

Es necesario que los estudiantes comprendan que en ciertas necesidades nacionales, como también individuales, faltan las cualidades necesarias para salir adelante. Esta es la razón porque Grandes Entidades especiales vienen hacia la Tierra. Ellas tienen cualidades predominantes que la situación requiere en un momento dado.

Los estudiantes que puedan comprender esto, encontrarán un elemento nuevo entrando en sus vidas, que los beneficiará grandemente.

La actitud de espera o de expectativa es vital cuando se espera recibir algo de la Presencia Interior. Es una facultad grandemente beneficiosa para el que la cultiva. Por ejemplo, si hemos hecho un proyecto que esperamos con gozo, nos sentimos llenos de expectativa. Podemos usar de esta expectativa que es de gran ayuda para que se manifieste lo que deseamos. Si tú llamas por teléfono a alguien para que te espere en un sitio de la ciudad, sales con la expectativa del encuentro; asimismo, si deseas conocer a los Maestros, un requisito para lograrlo es la expectativa de verlos. ¿Por qué no? Ponte en expectativa ya.

Capítulo XII
Dios en Acción

Las experiencias resultantes de los aparentes misterios de la vida cuando son bien comprendidos, son bendiciones disfrazadas, ya que cualquier experiencia que nos hace volvernos hacia la única Presencia "YO SOY", Dios en Acción, nos habrá servido de maravilloso propósito y bendición.

Las situaciones desafortunadas se producen porque las personas se ponen siempre a buscar en los orígenes externos su existencia, la inspiración y también el Amor, que no es sino la Presencia Suprema y su Poder en el Universo.

No importa cuáles sean las condiciones a las cuales tengamos que enfrentarnos, no debemos perder la idea de que el Amor es el eje del Universo sobre el cual gira todo. Esto no significa que tengamos que amar la inarmonía, la discordia o ninguna otra cosa que no se parezca al Cristo, pero sí podemos amar a Dios en Acción, a la Presencia "YO SOY", en todas partes, pues lo opuesto al odio es el Amor y *"nadie puede odiar sin haber amado profundamente primero"*.

Cada ser humano es un poder y debe ser el Principio Gobernante de su vida y su mundo. En el hecho que dentro de cada ser humano está la Presencia "YO SOY" siempre actuando, se puede ver que cada uno mantiene entre sus manos físicas el cetro del dominio y debe recordar que la invencible Presencia de Dios es en todo momento la actividad inteligente de su mundo y sus asuntos. Esto le mantiene la atención alejada de la apariencia exterior, que jamás contiene la Verdad, a menos que sea iluminada por la Presencia "YO SOY".

No importa cuál sea el problema a solucionar, no hay sino un solo Poder, una Presencia y una Inteligencia que pueda resolverlo. Ese es el reconocimiento de la Presencia de Dios, contra la cual no puede interferir ninguna actividad exterior, a menos que la atención se separe consciente o inconscientemente de este reconocimiento y aceptación del Poder Supremo de Dios.

El principio vital, continuamente activo, está siempre tratando de expresarse en su perfección natural, *pero los seres humanos con su libre albedrío, consciente o inconscientemente lo califican con toda clase de distorsiones. El individuo que mantenga su atención firme en la Presencia "YO SOY en Dios y con Dios", se convierte en un Poder Invencible que ninguna manifestación humana puede derrumbar.*

Al hacer consciencia de *"Yo estoy aquí, Yo estoy allá"*, aparecen personas que nos ayudan cuando esto es necesario, ya que el "YO SOY" está dentro de aquellos amigos también. La liberación de todo dominio o interferencia sólo puede venir por esa Presencia. *"YO SOY Dios en Acción"*, en la vida del individuo.

Muchas veces se requiere de gran tenacidad para aferrarse a la Presencia, cuando las apariencias parecen estar dominando. Hay un viejo refrán que dice: *"Nadie ha fra-*

casado mientras no se rinde". Esto es verdad, porque mientras un individuo se una a Dios como su inteligencia gobernante, no hay actividad humana que pueda interferir en la gran emanación que fluye alrededor de uno.

A través de las centurias la humanidad le ha dado su atención a las apariencias, atrayendo así toda clase de discordia y malestar; pero hoy hay miles que están llegando a la comprensión de que la Presencia de Dios dentro de ellos es absolutamente invencible, hasta el punto de encontrarse continuamente elevados por encima de la injusticia, la discordia y la inarmonía de la creación exterior. Mientras los humanos no aprendan a mantener su atención en la Presencia "YO SOY" o Dios Interior, se encontrarán rodeados por lo indeseable, pero por medio de esta Presencia "YO SOY", cada uno tiene el poder de elevarse por encima de la discordia y la perturbación de esa creación exterior.

Al principio cuesta trabajo mantenerse firme cuando los nubarrones aparentes pesan mucho, pero la actividad dinámica de la atención fija en la Presencia de Dios Interior, es como el rayo que penetra y disuelve la amenazadora tempestad.

A medida que se adelanta, se siente uno más y más invencible ante la creación humana que ocasiona tantos disturbios. La frase de Jesús: *"Conoced la Verdad y Ella os hará libres",* fue sin duda una de la verdades más grandes y sencillas, pues la gran base es el saber que esta Gran Verdad a que Él se refirió, era el recuerdo de la Invencible Presencia de Dios Interno. Si tú sabes eso, y estás seguro de ello y lo repites en toda ocasión, entonces sí sabes que tienes la Presencia dentro de ti.

El próximo paso es determinar: *"YO SOY la Presencia iluminadora, por la cual nada que yo necesite saber me puede ser sustraído, ya que YO SOY la Sabiduría, YO SOY la Perfección, YO SOY el Poder revelador que trae todo ante mí para yo poder comprender y actuar de acuerdo".*

Es muy fácil una vez que se ha comprendido que *"YO SOY la Única Inteligencia y la Única Presencia actuando",* el ver cómo tienes tú el cetro entre tus manos físicas y a través de esta Presencia "YO SOY" puedes obligar a que todo lo que tú necesites saber te sea revelado. Y yo te aseguro que esto en ninguna forma interfiere con el libre albedrío de ningún otro individuo y que no hay ningún error ni ningún daño en reclamar y pedir lo que es de uno propio, pues al hacer esto no se está interfiriendo con nadie.

Si en cualquier momento alguien hace por quitarnos lo que nos pertenece, tenemos el derecho de ordenar a través de la Presencia "YO SOY", que todo el cuadro sea ajustado o que lo nuestro nos sea devuelto. En esto tenemos que tener mucho cuidado de que cuando pongamos la Ley Divina en Amor, y que la Justicia Divina comience a manifestarse, no nos llenemos de lástima e interrumpamos la acción de la Ley. Cuando los seres humanos son gobernados enteramente por su ser exterior y no piensan en el poder de Dios que les da la Vida, muy fácilmente cometen toda clase de injusticias, pero esto no significa que nosotros les vamos a permitir hacerlo en nuestro propio mundo. ¡No! Sobre todo cuando sabemos que tenemos el Poder de Dios para ordenar y pedir la corrección y la justicia en todas partes.

Voy a citarte un ejemplo: Una de mis estudiantes estaba atravesando un problema y siendo ella muy espiritual le dije que afirmara sus derechos y justicia. Siguió mi consejo y empezaron a pasarle cosas a aquellos que querían obrar injustamente con ella. Por su bondad de alma, comenzó a arrepentirse y a desear que no hubiera pedido justicia. Vino a mí y me dijo: *"¿Qué debo hacer?"* Y yo le contesté: *"Afírmese en el decreto que usted ha hecho. Usted no es reponsable de las lecciones que tienen que aprender los individuos que la han dañado, de manera que déjelos recibir sus lecciones y no permita que esto la perturbe".*

Cuando los seres humanos comienzan a actuar mal, en este momento, ponen en movimiento la Gran Ley Universal de la Retribución y no pueden evitar que les golpée esa retribución algún día en alguna parte, del mismo modo que ellos no pueden detener la acción de los planetas. Para la víctima inocente la retribución parece tardar mucho en aparecer, pero tanto más tarde, tanto más poderosa es su acción cuando llega. No hay ningún ser humano que pueda evitar esta Ley.

Muchos estudiantes han creído que algo malo puede serles enviado por otro, pero yo les aseguro que no es así. La única forma es no dar paso a los pensamientos indeseables, dejando así entrar el odio, la crítica y la condenación. Entonces, si se ha hecho esto, habrá generado aquella cosa en que él cree.

Aquél que conoce el poder de Dios dentro de sí no tiene por qué temer nada de nadie. Cada uno puede experimentar, si desea, la plenitud de la actividad de Dios, en su vida y su mundo. Es sencillamente el hecho de escoger lo que tú quieras tener. Si quieres paz y armonía, conoce esto: *"YO SOY el Poder que lo produce"*. Si quieres ajustes en tus asuntos conoce lo siguiente: *"YO SOY la Inteligencia y el Poder que los produce y ninguna otra actividad exterior puede impedírmelo.*

En el aparente misterio de la incesante actividad de la vida, está la magna Presencia "YO SOY" siempre dispuesta a bendecirte con gracia inconcebible, si es que tú se lo permites. ¿Y cómo es que se lo permites? ¡Por la aceptación gozosa de esta magna Presencia y este gran poder en ti! Y no vaciles en invocarla para que actúe aún en los más mínimos detalles de tu diario vivir, no te importa cuán insignificante te parezcan, pues no hay en el Universo otra energía que actúe a través de tu consciencia, tu mente, tu cuerpo y tu mundo.

Di a menudo en cada cosa qué quieres que se haga: *"YO SOY la Presencia"*. Esto abre el canal para que actúe el Poder de Dios trayéndote lo justo No tengas conmiseración por lo externo, que en su ignorancia procede mal, así sea en ti o en otro.

Mantente calmado y sereno, sabiendo que Dios es la única Inteligencia y Poder actuando en tu mundo y tus asuntos. *"YO SOY en ti"* la fuerza y la sanación autosostenida, manifestándose en tu mente y tu cuerpo. Esto te mantiene en mayor entonación. Enfréntate a Dios y surgirá siempre la Energía para ordenar cada situación. Las personas que comprenden esta Ley no están sujetas a la injusticia ni las condiciones que trata de imponer el ser exterior de los demás.

Recuérdale esto a menudo a la mente exterior. Asegúrate siempre que dentro de ti no hay sino la Presencia y el Poder de Dios actuando en ti y en tus asuntos.

Repite en muchas circunstancias que: *"No hay nada oculto que no me sea revelado"* (cuán diferente es este aspecto al que imponen los "ocultistas" al no permitir que se revelen sus cánones). Esta afirmación es muy necesaria. Tampoco olvides que frente a lo que hagan los tercos, la salvaguardia es llenarlos de Amor Divino (Llama Violeta, Rosa, etc.). Cuando la gente trata de gozar haciendo alguna maldad e injusticia a otro, no lo logran, pues siempre pierden alguna facultad por medio de la cual la hubiera podido gozar.

Los demás tienen el mismo privilegio que tienes tú de alinearse con Dios, y si no lo hace, eso no es asunto tuyo.

Dios es la Presencia y el Poder Todo omnisciente que sabe y descubre todas las cosas. Tú puedes decir por otro: *"Amada Presencia YO SOY en este individuo, invoco tu Poder consciente, tu Perfección, tu Sabiduría y tu Inteligencia directiva a que hagas que todo se le ajuste y que reciba la paz y el descanso que tanto necesita. YO SOY la Presencia que manda y dirige que esto sea hecho ahora. Elévale su consciencia a la luz incandescente en la cual ella pueda ver y conocer el reposo y la belleza que son suyos por su propia creación y servicio".*

Es un error permitir que la lástima nos arrastre a meternos en condiciones muy destructivas. Toma la postura de *"YO SOY la única Presencia actuando allí".*

Para ayudar a aquellos que han desencarnado: *"YO SOY la Presencia que mantiene a esa persona en la esfera a que pertenece, enseñando e iluminando.*

Si el estudiante logra la idea correcta de llenar de Amor a su propio Ser Divino, recibirá alivio total de toda discordia.

Para perfeccionar condiciones di: *"YO SOY la Presencia ordenando y sanando esta situación".*

La humanidad en general y los médicos en particular han distorsionado las cosas lastimosamente. El individuo que desea ascender a la Presencia "YO SOY" y vivir allí, necesita la energía que precisamente desperdicia. Los médicos son responsables en mucho de esta terrible condición, porque enseñan y abogan por la exaltación del apetito sexual, que es el mayor canal de desperdicio que tiene la humanidad.

Esto es lo que hace imposible asirse a la Presencia "YO SOY", lo suficiente para lograr la Maestría. Es el 95% de la causa de la vejez, la pérdida de la vista, del oído y de la memoria, ya que estas facultades dejan de funcionar cuando cesa de fluir la corriente de energía vital a la estructura celular de la masa cerebral. Pero esto no lo reciben bien los individuos hasta que lo aprendan a fuerza de golpes. La voluntad no puede hacer nada sin esta energía vital.

Esta energía que el hombre desperdicia es la fuerza que les permitiría unirse firmemente a la Presencia "YO SOY". Es la vida que necesita para asirse a la Presencia de Dios "YO SOY". Cuando el ser exterior ha pasado centurias usando su fuerza vital para crear condiciones erradas, ese desperdicio se vuelve un drenaje abierto y constante contra la consciencia individual.

No hay sino una sola manera de cambiar aquello que se haya construido por ese canal erróneo, que mantiene al ser atado al mal uso y a la mala manifestación. Es que cada vez que se presente la ocasión, o la expresión del falso concepto, dirigir el pensamiento instantáneamente al Ser Superior. Muchas personas tienen la creencia de que se puede controlar el deseo sexual por pura fuerza de voluntad obligándose a dominar el impulso, bien sea sexual o de alcohol o cigarro, drogas o cualquier defecto. Esto no sirve de nada porque lo que se gana es la represión que lo obliga a irrumpir por otro lado. Lo único es cambiar la atención y salir de allí en la forma siguiente: *"YO SOY la Presencia que cambia esto y lo cambia ahora, porque la Acción de Dios es siempre instantánea"*.

En toda condición errónea lo primero es invocar la Ley del Perdón y la Llama Violeta transmutadora. Acuérdate que al poner en movimiento o energizar algo, instantáneamente actúa. Cuando se usa el "YO SOY" se pone en movimiento el Poder de Dios y actúa.

Tal vez uno de los estados más lamentables en que tiene que vivir el ser humano es el llamado "derecho legal" de mantener atado a otro ser a la actividad sexual, cuando éste ya quiere liberarse y salir de abajo. Pues aún en la ignorancia de la mente exterior hay naturalezas que tienen un poderoso desarrollo de la actividad amor. El Amor Puro nunca actúa más abajo del corazón. El Amor verdadero jamás requiere contacto sexual de ninguna clase. La Gran Ascendida Hueste de Luz está siempre con aquellos que desean actuar con justeza. Envíales pensamientos y recibirás su ayuda.

Tú posees un poder invulnerable e invencible si eres de los que conocen y practican la Presencia "YO SOY".

La Ley del Perdón es la puerta abierta para llegar al corazón de Dios. Es la nota tonal, el eje del Universo.

Aquí están los puntos más profundos de esta plática. No lo uses para enseñar a principiantes, pues no lo entenderán.

Capítulo XIII
"YO SOY"

"YO SOY" la Resurrección y la Vida;
"YO SOY" la Energía que usas en cada acción;
" YO SOY" la Luz iluminando cada célula de tu ser;

"YO SOY" la Inteligencia, la Sabiduría, dirigiendo cada uno de tus esfuerzos;

"YO SOY" la Substancia omnipresente sin límite que puedes usar y traer a la forma;

"YO SOY" tu Fuerza, tu Comprensión perfecta;

"YO SOY" tu Habilidad para aplicarla constantemente;

"YO SOY" la Verdad que te da la Libertad perfecta ahora;

"YO SOY" la puerta abierta a la Luz de Dios que nunca fracasa;

Doy las gracias, he entrado en esta Luz de lleno, usando la comprensión perfecta.

"YO SOY" tu Vista, que ve todas las cosas visibles e invisibles;

"YO SOY" tu Oído, escuchando las campanas de la libertad que tengo ahora;

"YO SOY" tu Habilidad de sentir la más embriagadora fragancia a voluntad;

"YO SOY" la totalidad de toda Perfección que desees manifestar;

"YO SOY" la Comprensión total, Poder y Uso de toda esta perfección;

"YO SOY" la Revelación total y el uso de todos los poderes de mi ser que "YO SOY";

"YO SOY" el Amor, el mago Poder motriz detrás de toda acción.

Deseo darles a los estudiantes bajo esta radiación la más cariñosa advertencia de vigilar sus emociones, para que en ningún momento acepten un sentimiento de envidia por los progresos que otro logra. Cada estudiante debe recordar siempre, sea lo que fuere, que los otros estudiantes no son de su incumbencia, excepto el saber que: *"YO SOY la Presencia de Dios allí en acción"*.

El que un estudiante se admire y se pregunte en su mente acerca del progreso de otro, retarda muchísimo su propia evolución y bajo ningún aspecto es admisible.

Cada estudiante debe comprender que su única incumbencia es la de armonizar, apurar y expandir su propia mente y su mundo. Una vez que los estudiantes comprendan que la única demanda imperativa de la *"Gran Ley de su Ser"*, es la armonía de su mente y sentimientos, la Perfección se manifestará rápidamente. Si esto no es mantenido, no podrán pasar de cierto grado de progreso.

Tan pronto como los estudiantes se den cuenta de esto, y comiencen a usar la Presencia "YO SOY" ordenando la armonía y el silencio de su actividad externa se darán cuenta que podrán ver, sentir y ser la Perfección que han deseado tanto. Cuando los estudiantes y amigos tienen un profundo y sincero Amor para el cual, ese Amor es la más grande bendición y el poder más estimulante. Esta es una manera de que el estudiante se examine constantemente, para evaluar el poder que está actuando en él.

Si uno se siente crítico, curioso o inarmonioso para con una persona, condición, sitio o cosa, es la señal segura que el yo externo está actuando, y la actitud a tomar es la de corregirse inmediatamente. Cada cual, especialmente los estudiantes, deben comprender que la única cosa que tiene que hacer es sentir, ver, y ser la Perfección en su propio mundo.

Esto es sumamente importante y es la razón por la cual estoy recalcándolo tanto a estas alturas, porque cuando los estudiantes empiezan a experimentar manifestaciones poco usuales, al principio a veces hay la tentación de pensar así: "Puedo usar la Ley mejor que esta otra persona". Esto, tú lo sabes sin tener que decírtelo, es un error.

No se puede usar por mucho tiempo la afirmación: "YO SOY", aun intelectualmente, si empiezas a sentir una convicción más profunda cada vez que: *"YO SOY todas las cosas"*. Piensa a menudo lo que estas dos palabras maravillosas significan y siempre junto con su uso, la afirmación: *"Cuando digo YO SOY, estoy poniendo en movimiento el Poder de Dios ilimitado en la expresión con la cual junté YO SOY "*. En la declaración bíblica: *"Antes que Abraham era, YO SOY"*. Abraham representa la expresión exterior de la vida y "YO SOY" representa el principio de la Vida, que era la expresión a través de Abraham. Así, había Perfección de Vida antes que manifestación alguna ocurriese, y así es la Vida sin principio y sin fin.

¡Mi amado estudiante! Mi corazón se regocija muchísimo ante la cercanía con la cual algunos de ustedes están sintiendo la convicción de la Majestuosa Presencia "YO

SOY". Hagan todo lo posible por sentir calmada y serenamente, y si no lo pueden ver de otra manera cierren sus ojos y vean la Perfección en todas partes. Les vendrán más y más pruebas de la maravillosa Presencia de esta Verdad. Oirán, sentirán, verán y experimentarán esa maravilla de maravillas que como niños han vivido, y los milagros efectuados.

Descripciones y explicaciones del uso de esta "Poderosa Presencia YO SOY" han sido escritas para tu beneficio. Tú, que te aferras a la Verdad llegarás a la acción triple de ver, oír y experimentar estos llamados milagros, milagros hasta que comprendan la forma en que se producen, después serán para ti simples verdades que podrás aplicar para siempre una vez comprendidas.

Con todos mis siglos de experiencia, no puedo más que decirte a modo de estímulo, que mi corazón se desborda de alegría con tu aproximación a tomar el Cetro del Dominio. ¡Avanza, mi bravo! ¡No vaciles! ¡Empuña tu Cetro de Dominio! Levántalo, porque "YO SOY" el Cetro, la Llama Inextinguible, la Luz Deslumbrante, la Perfección, que una vez conociste. ¡Ven! Déjame sostenerte en mi fuerte abrazo, que donde ha habido dos por tanto tiempo haya solamente uno, "YO SOY". "YO SOY" el Sabio, el Constructor, la Perfección expresada ahora.

Otra vez hablo a los individuos que quieren tener sus problemas resueltos. Hay solamente una Presencia en el Universo que puede y siempre resuelve cualquier problema, y esa es la Presencia "YO SOY", presente por doquier. ¡Amado! Déjame decirte con todo cariño: "No es de ningún valor tratar de resolver un problema solamente, pues donde había uno, una docena pueden aparecer, pero cuando sabes que la Actitud Perfecta es entrar en la Presencia "YO SOY" y que ella es el Resolvedor Indiscutible de cada problema, harás que todos los problemas desaparezcan tan ciertamente como Yo te hablo, porque cuando vives en la Presencia "YO SOY" constantemente, calmadamente y con determinación suficiente, en vez de tener muchos problemas donde uno había sido resuelto, habrás entrado en el estado donde no hay ninguno.

Ordeno al poder en estas palabras de hoy, que lleven a todo el mundo que las oye o lee, la convicción verdadera y la comprensión tras ellas.

Para el Cerebro: "YO SOY el aceleramiento de las células de esta *(mía o tuya)* estructura cerebral, causando que se expanda y reciba la Dirección Inteligente de la Poderosa Presencia Interna".

Debes saber que tienes el poder de calificar conscientemente tu pensamiento de la manera que desees a través de la Presencia "YO SOY". No hay nadie que te diga lo que debes hacer porque eres un Ser Libre con Libre Albedrío. Si pudieses estar consciente de cada pensamiento que pasase por su mente durante seis semanas, y lo mantuvieses calificado con la Perfección, verías los resultados más sorprendentes. Di a menudo: *"YO SOY el Maestro Interior gobernando y controlando todos mis procesos de pensamiento, en la perfección de Cristo, íntegramente como Yo deseo que sean".*

Bendiciendo y sosteniendo a otros en la Luz: Cuando bendices a otros o los visualizas en la Luz, hay una actividad doble de la calidad que mandas. Haciendo esto, el resultado automático es una cierta cantidad de protección, pero el pensamiento y la calidad de la Luz y la bendición se registran principalmente en nuestra propia consciencia, y al mismo tiempo intensifica esa cualidad en la persona a la cual ha sido mandada.

Toma la posición eterna de que: *"YO SOY lo que quiero Ser"*. Debes usar la Presencia "YO SOY" conscientemente siempre. Raramente, hasta entre los estudiantes, se ha comprendido profundamente lo que la Presencia "YO SOY" significa. Sólo ocasionalmente ha surgido una verdadera comprensión del "YO SOY", excepto en los retiros de los Maestros Ascendidos. Jesús fue el primero en darle énfasis en el mundo externo. Insisto seriamente que no les des ninguna consideración al elemento tiempo. La manifestación viene instantáneamente cuando le das a la Presencia "YO SOY" la libertad suficiente. Anda, aplica, sabe y deja que la Presencia "YO SOY" está actuando. Algunas veces, sin darse cuenta de ella, el Yo externo está esperando el tiempo de la manifestación.

Yo te puedo comunicar la convicción y el sentimiento de que cuando ordenas en el nombre de la Presencia "YO SOY", Dios Todopoderoso se mueve a la acción. Recuerda siempre, que cuando estás trabajando con personalidades, estás trabajando con la creación humana externa, y tienes todo el derecho y poder de ordenar su silencio y obediencia, así sea en tu propio yo externo o en el otro.

Si pudieses contar hasta 10 antes de hablar, lograrías controlar todo el impulso súbito, y tras esto hay una Ley todopoderosa, que puede ayudar al estudiante inmensamente. Cuando hay un impulso súbito, hay una liberación o abalanzamiento de energía acumulada. Si hay ira, esta energía es calificada instantáneamente con la ira o con destrucción de alguna clase.

El poder de autodominio diría: *"Sólo la Perfección de Dios sale"*. Esto manejaría cualquier condición de impulso incontrolado con la cual el individuo lucha. Cuando el estudiante ya ha dejado salir algo que no es deseable, lo que hay que hacer es consumirlo conscientemente al instante.

El uso continuo de *"Dios Bendiga esto"*, dirigido hacia las cosas inanimadas trae asombrosas realizaciones. La manera fácil de ver y sentir la Perfección es calificando cada pensamiento y sentimiento que sale con la Perfección. Cuando viene el impulso de hacer cualquier cosa, instantáneamente califícalo con la Perfección.

Historia de la Locomotora en un pueblecito: El silbato es la advertencia, el "YO SOY" es el control de la locomotora.

El ser humano ordinario no pensaría en atropellar niños y matarlos. Sin embargo, libera energía calificada malamente por medio del pensamiento, sentimiento y palabras, que matan los impulsos más altos en otros. Si tu personalidad no es controlada y gobernada, tiene las mismas cualidades que todas las demás personalidades, pero tu Presencia "YO SOY" es el control perfecto de ella.

No hay nada más trágico en el mundo que una persona que tiene un pensamiento de limitación sobre otro ser humano. Un pensamiento de imperfección dirigido hacia una persona sensible, algunas veces limita a ésta por años, y muchas veces los resultados son muy trágicos. Todos debemos darle a todo el mundo su libertad mentalmente. Si hablas de libertad para ti, asegúrate y dásela primero a cada uno. Cuando hay una condición en otro que desees ayudar, usa lo siguiente: *"YO SOY la Manifestación Perfecta allí".*

El principio de la energía y la substancia es el mismo. La substancia tiene energía dentro, naturalmente. El corazón o centro de la substancia es Acción Inteligente. La Vibración en su estado natural es pura siempre. La Vibración es energía en acción y debe ser calificada.

La pulsación en toda substancia es el "Aliento de Dios" actuando. Piensa cuando respires: *"YO SOY la Energía*

Perfecta de cada soplo que respiro, YO SOY la Atmósfera pura de mi mundo".

Forma el hábito de calificar constantemente tu mundo con la Perfección. El hábito viejo de pensar en imperfecciones ha llenado tu mundo en el pasado. Ahora lo importante es el estar consciente de que todo el tiempo estás llenando tu mundo con la Perfección. Lo primero que vas a hacer por la mañana es ponerte de pie y decir con sentimiento: *"YO SOY la Presencia llenando mi mundo con la Perfección este día".*

No te ocupes de las personalidades.

Asumiendo la posición de: *"YO SOY la Perfección actuando a través de cualquier funcionario,* impulsa el *"YO SOY, el Poder y la acción allí"*

La primera cosa en la mañana dí: *"Yo califico todo en mi mundo este día con la Perfección porque YO SOY la Perfección". "Yo califico esta mente y cuerpo con la Perfección Absoluta y me niego a aceptar cualquier otra cosa".*

"YO SOY el milagro y YO SOY la Presencia precisando su manifestación a través del Amor Divino, Sabiduría y Poder".

Capítulo **XIV**
Fe-Esperanza-Caridad

Deseo llamar la atención ahora a la Presencia Activa de la Fe, la Esperanza y la Caridad. En esta consideración pensaremos la Fe como el Poder Emanador Conquistador, la Esperanza, es la puerta abierta a través del velo actuando en la Presencia Pura; la Caridad como la determinación de no pensar lo malo, no hablar lo malo, no ver lo malo, no oír lo malo, no sentir lo malo.

Los estudiantes deben vigilar siempre la Actividad Interna de la mente externa y no dejarse engañar por la acción. Esto puede sonar como una paradoja, pero no lo es, y tiene más importancia de lo que parece al primer examen. Si un sentimiento de resistencia (de cualquier especie) está acechando la consciencia, arráncalo de la raíz, pues sabes que pertenece a lo externo e impedirá el camino de tu logro mientras no lo arranques.

El mantener una disposición dulce y tranquila ante todas las cosas, es la ruta certera hacia el Autocontrol y la Maestría Absoluta, indispensables para el logro de todo lo que desees alcanzar.

Los Maestros Cósmicos, Fe, Esperanza y Caridad: Al llamar tu atención hacia estos tres principios siempre activos en la vida de la humanidad, quiero asegurarte que éstos no son solamente cualidades dentro de ti, sino que son Seres de Gran Luz y avance que también son conocidos como la Fe, la Esperanza y la Caridad. Los estudiantes e individuos que hacen un esfuerzo consciente por cultivar y expandir estas cualidades en sus mundos, percibirán que obtienen gran asistencia de estos Seres Poderosos y Conscientes, de cuyos nombres proceden las individualizaciones de estas cualidades. Estos Seres Poderosos y Conscientes, de cuyos nombres proceden las individualizaciones de esas cualidades. Estos son Seres Cósmicos, autoconscientes e inteligentes cuya acción especial para con la humanidad es la de alentar y expandir estas cualidades. Por lo tanto, haz comprender a los estudiantes que esto es más que una frase o expresión de las Escrituras. En este tiempo, estos grandes han salido del "Silencio Cósmico" por causa de la necesidad de Fe, Esperanza y Caridad en las mentes y corazones de la humanidad.

La fuerza siniestra que hubiese destruido la confianza, la esperanza y la caridad en las mentes de todos los pueblos está condenada a fracasar. De una actividad aparentemente mala va a salir un gran bien. Como la fuerza hipnótica que fue generada se ha gastado ella misma, muchos humanos están preguntándose qué los motivó a hacer ciertas cosas. Después de todo, su misma rebelión generará la fuerza que será usada para corregir las condiciones.

Dios, que es Progreso, no conoce la derrota en ninguna cosa. Deja que los estudiantes siempre recuerden esto, que les ayudará a mantener la paz y el equilibrio de la mente que tanto se necesita.

El Ser Majestuoso "Caridad", tiene una fuerza natural consumidora para disolver y aniquilar el odio, la crítica y la condenación y usar los Rayos Cósmicos como la fuerza balanceadora en los éteres de donde los seres humanos sacan su aliento y sustento. Así que a pesar de ellos mismos, están absorbiendo el fuego de estos Rayos.

Tú sabes que cuando una persona se está desmayando, muchas veces uno sostiene las sales o amoníaco debajo de su nariz. Esto es lo que está pasando realmente debajo de las narices de la humanidad. Está respirando ahora en esta Presencia Consumidora. (Pídele a los estudiantes no discutir este hecho con no-creyentes, pero es vital que ellos lo comprendan).

Aquí hay algo que quiero recalcar a los estudiantes seriamente. Hay innumerables medios útiles de asistencia para el estudiante serio y sincero, muchos de los cuales son completamente desconocidos para él, pero no obstante, los aprovechará si su deseo por la Luz es sincero.

Despreocuparse de todo y centrarse alegre y determinantemente en esa *"Poderosa Presencia única que YO SOY"*, nos proporciona un continuo flujo de victorias. Ningún esfuerzo hecho en el nombre y Presencia que "YO SOY" puede fallar nunca, pero debe seguirse avanzando de una victoria a otra, hasta alcanzar y poder usar el cetro de tu dominio completo.

Deseo alentar y afianzar la consciencia progresiva e importante de la Ley del Perdón. La manera correcta de llamar a la acción la Ley del Perdón es decir: *"YO SOY la Ley del Perdón y la Llama Consumidora de toda acción inarmoniosa y de consciencia humana"*. Esto pone en movimiento la acción completa.

Cuando usamos la afirmación: *"Llamo la Ley del Perdón"*, no siempre estamos completando la acción, porque necesitamos estar conscientes de quién es y a dónde está esa Inteligencia que autoriza que sea llevada a cabo.

Cuando observo a los estudiantes, encuentro que es importante seguir insistiendo en el uso de la Presencia "YO SOY" frecuentemente, porque ya están haciendo cosas notables para ellos. Mi propio Ser se alza cuando veo entre los estudiantes, cuya atención es mantenida con determinación en la Presencia "YO SOY", cómo se convierten en imanes de la Luz, y cómo ésta se apresura a envolver a cada uno, de la misma manera que una madre envuelve a su hijo amado. Si pudiesen ver y darse cuenta de esto por un momento, su determinación surgiría de una *Llama Conquistadora* de la cual no se puede desistir.

El tiempo es oportuno, y Yo te mando a ti y a cada uno de los estudiantes una Esfera Consciente de Luz, envolviendo el corazón y el cerebro de cada uno para que puedan recibir continuamente la bendición consciente de la Poderosa Presencia "YO SOY". Creo que la mayoría de ellos sentirá esto. Siéntalo o no, nada puede interferir con esta acción de bendición.

A aquellos benditos que a veces encuentran perturbación en su hogar. Yo les sugiero que usen esta afirmación y la sientan profundamente: *"YO SOY la Presencia Conquistadora ordenando la Paz, el Amor y la Armonía en mi hogar y ambiente"*. Cualquiera que use esto con determinación podrá tener una atmósfera armoniosa, apacible y amorosa en su hogar. Algunos necesitarán actuar con mucho ímpetu para experimentar su acción continua. Muchas veces obtendrán resultados inmediatos. Elaborar esto en la consciencia es reconocer la Presencia "YO SOY" como el Poder Gobernante en sus hogares, porque es naturalmente la Presencia Gobernante.

Si los estudiantes, e individuos en general, que tienen dificultad en mantener el Autocontrol, se sientan silenciosamente durante cinco minutos, sintiendo profundamente y pensando para sí mismos: "*YO SOY amante Caridad*", encontrarán un sentimiento de gran alivio.

Para los desmayos: Tú sabes que el individuo nunca se desmaya; solamente la personalidad hace eso. Por lo tanto, si alguien tiene este hábito toma la posición determinada de que: "*YO SOY la Presencia dominante que prohíbe esta tontería y mantengo el control de mi mente y mi cuerpo eternamente*", lo controlarán para siempre.

Cuando se comienza a sentir el más pequeño síntoma, rápidamente se hace consciencia de que: "*YO SOY la Presencia dominante y yo mantengo mi consciencia aquí*". Uno tiene que comprender que al ordenar la presencia "YO SOY" se tiene el Control Absoluto del cuerpo. Mientras más se use esto, más rápidamente se hará la manifestación.

Pregunta: *Si el Gran Sol Central es el Centro Corazón del Infinito, ¿dónde está eso que es el Centro Cerebro?*

Respuesta: "*En el estado puro, en el infinito como en lo finito, donde no hay imperfección, la actividad del cerebro y del corazón se convierte en Uno, porque la fuerza motriz de toda actividad que sale es Amor del Corazón*". Por lo tanto, en el estado puro, el corazón y el cerebro son sinónimos porque el Amor, la Sabiduría y el Poder están contenidos en el Amor Divino.

La Energía Infinita está siempre presente esperando ser usada, pero actúa en la vida de un individuo solamente bajo el Mando Consciente de éste. Se llega a un progreso tal que las cosas ocurren tan rápidamente que parece que son automáticas, pero no es así.

Absolutamente, sólo hay un camino hacia la Maestría Autoconsciente de la Energía Eterna hacia todo lo que desees. Esto nos lleva ahora hacia otro punto vital.

El deseo es una acción indirecta de la atención, pero el deseo sostenido por el uso determinado de la atención, es causa de que éste se convierta en una manifestación invencible. Esto te dará una idea leve de cuán importante es que la dirección consciente vaya unida al deseo. El uso consciente de la *Presencia "YO SOY"* lo mismo que el uso dirigido conscientemente de esta Energía hacia un logro, debe ser siempre un esfuerzo jubiloso. Nunca y bajo ningún aspecto debe ser como un trabajo o una tensión, porque cuando dices: *"YO SOY la Presencia, la Inteligencia, dirigiendo esta energía hacia un propósito determinado"*, estás poniendo la Ley en movimiento de una manera perfecta, fácil, calmada y no necesitas de ningún esfuerzo tal como el de "jalarse los pelos". Por lo tanto, siempre debe ser un procedimiento calmado, sereno y determinado.

Debe entenderse que el estudiante nunca elige al Maestro, sino que es el Maestro quien elige al estudiante, y si éste lo comprendiese así, los resultados aparecerían antes. Para contactar a los Maestros Ascendidos usen: *"YO SOY la Presencia preparando el camino y trayendo el contacto visible con los Amados Maestros Ascendidos"*.

Con el uso de la Presencia "YO SOY", tienes el dominio completo y el control ilimitado sobre todas las condiciones perturbadoras. Cuando hablas en la Presencia "YO SOY", estás hablando en la "Presencia" que el Ser Ascendido Es. Debes comprender profundamente que cuando dices: *"YO SOY"* éste es el Poder de Dios completo actuando y que no conoce fracaso alguno.

Capítulo XV
Astrología "No"

D e la Gloriosa Plenitud de la Luz y de la Substancia Omnipresente de Dios, sale la abundancia de todas las cosas.

El estudiante que es lo suficientemente fuerte y firme para sostenerse sólo con su *"Poderosa Presencia YO SOY"*, que nunca divide la Presencia y el Poder de Dios ni durante un solo instante, se encontrará ascendiendo constantemente hacia esa *Poderosa Perfección*, por siempre libre de todo sentido o reconocimiento de cualquier limitación.

El estudiante que puede mantenerse indiviso dentro de esta *Poderosa Presencia*, es muy afortunado. Para beneficio de algunos de los estudiantes que son muy sinceros y, sin embargo, están dejando, sin saberlo, que su atención se aparte de esta *Presencia Íntegra*, deseo exponer algunos hechos sin ninguna intención de inmiscuirme en el libre albedrío del individuo. Los documentos que citará están en nuestra posesión y cubren los últimos 100 años.

Deseo hablarte hoy sobre el engaño de la astrología.

Ningún ser viviente puede prestar atención a la astrología y, al mismo tiempo, entrar en la Presencia del "YO SOY" y quedarse ahí. Por debajo del uso presente de la astrología, está el deseo humano y la oportunidad de justificar y gratificar los deseos externos. Déjame exponerte un hecho aterrador, que está en nuestros archivos: "No hay ninguna cosa o fase de estudio que haya causado más fracaso y más crímenes indirectos, que el engaño presente de la astrología".

En años recientes hubo en la ciudad de Chicago un estudiante espléndido de Metafísica que, aceptando conscientemente el engaño de su horóscopo, fue impulsado a suicidarse.

Lo que la humanidad necesita más, y los estudiantes por encima de todo, es la roca firme y la consciencia de la Poderosa Presencia "YO SOY" sobre la cual se permanezca a salvo y libre de los abismos que constituyen las maquinaciones externas. Los estudiantes no necesitan saber los decretos negativos de una muerte futura o la llamada fuerza de la mala estrella del destino; sólo deben dar crédito a la *"Invencible Presencia YO SOY que impregna todo"*, la cual es la única y toda la Vida de tu Ser, hacia donde tu corazón necesita ser dirigida y mantenida firmemente.

En la Presencia "YO SOY" no hay altura alguna que el estudiante no pueda alcanzar, pero si distrae su atención con la astrología, numerología y las muchas "logias" de hoy, no habrá abismo en donde no caiga.

El uso presente de la astrología no se parece en nada al uso que tenía centurias atrás. Entonces no transmitía declaraciones negativas de ninguna especie. El gran daño de la atención fijada en ella es que los estudiantes aceptan las declaraciones negativas mucho más de los que ellos desean admitir. La fuerza siniestra negativa generada por la humanidad en el mundo, siempre se vale de cosas como éstas para obtener y sostener la atención, especialmente la del estudiante que está progresando, y así, mantenerlo en lo que lo jala hacia abajo en vez de ascenderlo.

Donde hay un horóscopo que indica la muerte de alguien, varias mentes se fijan en esa idea e indirectamente se comete un verdadero crimen, tan sutil, que los individuos se horrorizarían si se les demuestra que ellos tomaron parte de él; pero esa es la verdad.

Si pudieses ver por un día, desde el Gran Punto de vista Interno, la fuerza destructiva generada y usada a través del uso presente de la astrología huirías de ésta como de una víbora venenosa que espera morderte para introducir la muerte en tus venas.

Yo te digo, amado estudiante, en el nombre de tu Luz y Progreso y de Todo Progreso, que permanezcas dentro de tu propia Poderosa Presencia "YO SOY". No dejes que tu atención sea captada o dividida por ninguna cosa externa, si deseas evitar la rueda de la encarnación indefinidamente.

Del Gran Amor de mi corazón —viendo y sabiendo desde el Punto de vista Interno, lo cual tú no puedes hacer todavía—. Yo insisto en que evites todo lo que tenga sabor a una expresión o condición negativa. Entonces ascenderás en las Alas de tu Poderosa Presencia "YO SOY" a la Libertad y Bendición Eterna de la Luz Perfecta, Eterna e Ilimitada.

Como dije, no deseo de ninguna manera inmiscuirme en tu libre albedrío, pero las puertas de la Libertad Eterna están abiertas ante ti si crees en la verdad que he manifestado, que te ayudará a entrar por esas puertas y recibir la Bendición Eterna de la Luz, que te espera para envolverte.

Si hay condiciones en tu vida, hogar, medio ambiente, de las cuales te quieras deshacer, ordena a través de la Presencia "YO SOY", que sean disueltas y consumidas ante su Poderosa Luz y Poder.

Amado estudiante que te encuentras bajo esta radiación; no volveremos a tratar este punto otra vez contigo; que la Presencia "YO SOY" dentro de ti te capacite para ver la Luz de la Verdad de lo que te he dicho. He visto dentro de ti la Luz Gloriosa que puede ser acelerada a una Radiación Deslumbrante, que te permitirá expresar la Perfección. Por tanto, te he ofrecido mi humilde asistencia por mi propia voluntad, pero si la personalidad persiste en dejar que la atención se pose en otra cosa que no sea la Poderosa Presencia "YO SOY" que Yo sé que es la más poderosa y la sola Presencia Elevadora y Resolvedora de todos los problemas, entonces mis humildes esfuerzos habrán sido en vano.

Yo te aseguro, amado mío, que has llegado a un punto de donde tienes que ir para arriba o para abajo. Con tu atención determinada y reconocimiento mantenidos constantemente en Poderosa Presencia "YO SOY", no hay condición, fuerza o Presencia en la Tierra o en el cielo que pueda impedir el logro maravilloso y glorioso de la Libertad Eterna y la Perfección.

Si no tienes dentro de ti eso que causa el sentir y que te habla sobre el *Gran Amor Divino* que me capacita para expresarte esta Verdad para tu protección, entonces tenemos que esperar hasta que la Verdad de ello aparezca dentro de ti.

Una vez que los estudiantes e individuos han aprendido y reconocido la Poderosa Presencia "YO SOY" y después dejan que su atención sea atrapada o puesta en cosas extrañas dando la espalda deliberadamente a la *"Presen-*

cia" que es la Fuente de su Ser y Vida dentro de ellos. Yo declaro con todo el Amor de mi Ser que: *"YO SOY la Presencia"* que los capacita para ver y sentir esta Verdad y mantenerse junto y dentro de ella, por amor a tu maravilloso progreso propio.

Aquellos que se mantengan firmes y lo suficientemente convencidos de esa Poderosa Presencia, encontrarán abundantes pruebas que vendrán a su experiencia por medio de su Poder e Inteligencia Ilimitada.

¡Amado estudiante!, muchas manos de la Hueste Ascendida están extendidas hacia ti para darte su asistencia en cuanto puedas mantener tu atención indivisa en la *"Presencia Activa de Dios en ti"* y resistas firmemente la influencia de toda apariencia externa.

"La Verdad es Poderosa y Prevalece". Siente Su Presencia Majestuosa todo el tiempo. Es un error que el estudiante sienta desilusión porque cierta cosa en la cual ha trabajado no se manifiesta instantáneamente, cuando todavía él no ha generado el Gran Poder y la actividad suficiente para producirlo rápidamente. La atención siempre tiene que estar en el "YO SOY" solamente.

Supongamos que Yo decretase: *"YO SOY la Poderosa Presencia YO SOY en Acción"*, y después, una hora más tarde, dejara que mi atención se fijase en un horóscopo desfavorable o en una condición externa que indica alguna clase de desastre. ¿No ves cómo esa anularía el decreto, que desencadena el Poder de Libertad, hecho por mí?

Jesús dijo: *"No podéis servir a dos Maestros"*. Esto quiere decir que no puedes dividir la atención —porque debes detenerte, mirar y escuchar—. Yo te digo: Tú no puedes progresar, si le das poder a otra cosa que no sea tu *Poderosa Presencia "YO SOY"*. Desafortunadamente, lo que pasa con muchos estudiantes es que no se han aferrado firmemente a la *Poderosa Verdad de su Ser* El tiempo suficiente para ganar el impulso y la fuerza necesaria para mantenerse inmóviles ante el tirón de la sugestión y la apariencia externas.

Lo extraño para mí es que cuando la atención del estudiante ha sido entregada al *Poder Todopoderoso de la Presencia"YO SOY", que es el único Principio Activo de Vida* que tiene *Dios en Acción* dentro y alrededor de él, no puede ver que cuando su atención se fija en las cosas externas, está dividiendo el poder y está retardando la actividad magnífica y la realización, que de ser de otra manera, la *Presencia "YO SOY"* atraería. Sin embargo, habiendo pasado por lo mismo, tenemos la paciencia infinita para esperar hasta que el amado estudiante pueda empuñar su Cetro del Dominio de esta *Poderosa Presencia "YO SOY"* y sostenerlo.

Puedo traerte documentos de las cosas más aterradoras, de los crímenes que día a día han sido cometidos a través de la sugestión de la astrología. La sugestión dada pone la Ley en acción para cumplirla. Cuando tu atención está en algo, le pones instantáneamente el poder dentro de ti. Si los astrólogos no pasan de mantener el pensamiento de muerte sobre Fulana de Tal, por ejemplo, ella morirá. Esto es criminal, Fulana es un hijo de Dios y tiene derecho a vivir aquí todo el tiempo que se haya decretado. Hay crímenes mucho peores que el asesinato físico, que no tienen ni punto de comparación porque son cometidos deliberadamente, por gente que sabe lo que está haciendo. Hay una acción certera, infalible de la Ley, y es que aquellos que hacen cosas deben pagar la penalidad de una experiencia similar.

Para sugestiones negativas de otros, di: "*YO SOY la Presencia anulando todo esto para que no pueda afectar ni a mí, ni a mi hogar o mundo"*. Disipar conscientemente algo que ha dicho en tu presencia es la cosa más fácil del mundo. Di simplemente: *"YO SOY la Única Presencia actuando aquí"*.

Para cualquier cosa que no desees continuar, di: *"A través de la Presencia que YO SOY esta cosa cesará ahora y para siempre"*. Actúa como si fueses a chocar contra una pared para derrumbarla. Cuando realmente te sientas y estés resuelto a hacer algo, liberas el poder que hace la cosa. Trata de darte cuenta del Poder Ilimitado a tu servicio.

En la vista y el oído está el sentimiento porque podemos oír y ver sin necesidad de usar ni las facultades de la vista ni las del oído.

Cuando uno se pone furioso, instantáneamente agujerea otras esferas de esa misma calidad y una acumulación de la misma especie se filtra vertiginosamente. Los celos son el canal abierto a través del cual se precipita toda clase de actividades destructivas. Las cosas que se hacen conscientemente tienen mucho más poder. Cuando la energía es liberada, actúa porque el individuo la ha puesto en movimiento y no establece diferencia entre el rey y el limpiabotas.

Cuando los sentimientos son excitados, están aceptando ese instante. Puedes sentarte a escuchar una conversación destructiva sin ser afectado mientras controles el sentimiento en el plexo solar. Ninguna cosa puede entrar en tu mundo mientras no sea invitada.

Nada bueno ha salido nunca del juego. La señora X, en un tiempo tuvo un maravilloso poder e influencia en torno de ella; empezó a jugar, y no solamente perdió su poder, sino todo su dinero también. ¿No es mejor mantenerse en la *Presencia "YO SOY"* que en un canal de juego? Cualquier cosa que atrae tu atención es una actividad sutil de lo externo para arrancarte tu libertad.

Para obtener libertad financiera: *"YO SOY las Riquezas de Dios fluyendo a mis manos y uso que nada puede detener".*

Di frecuentemente: *"La Presencia YO SOY gobierna todo canal existente en manifestación. Lo gobierna todo".*

Experiencia de un estudiante: El estudiante habío oído y visto una explosión de Luz, mientras el cuerpo físico dormía. Si hubiese dicho conscientemente cuando oyó la explosión: *"Absorbo en mi mente y mi cuerpo la fuerza de la explosión de Luz"*, hubiese recibido sus beneficios. En tales experiencias, lo importante es que el estudiante esté alerta para que en toda manifestación esté consciente de la absorción de su Poder. Alégrate que el Poderoso poder de la *Presencia "YO SOY"* actuando, te dé su Fuerza y Poder.

Ordena a la memoria exterior que retenga y traiga a la consciencia externa todo lo que deseas saber. Cuando usas la *Presencia "YO SOY"* has puesto la Ley en movimiento y no puede fallar.

Dios actúa solamente a través de la consciencia de los individuos; si fuese de otra manera, Él no los tendría aquí. Dios puede actuar en el mundo físico solamente a través de sus individualizaciones, y hasta toda la naturaleza está gobernada por la Inteligencia Individual; el suelo, las plantas, todo en absoluto.

Toda la fuerza y la energía que se necesita para un propósito dado, está omnipresente, cuando es liberada por la *Presencia "YO SOY"*. Por lo tanto, a través del uso de la *Presencia "YO SOY"* puedes liberar el poder del cual todavía no tienes concepción alguna.

Durante la guerra de 1914 a 1918, cuando Foch dijo: *"¡No pasarán!"*, él liberó el poder por el cual el decreto fue cumplido. Había estado rezando por más de una hora, y cuando salió estaba tan cargado con esa energía que cuando pronunció la orden, ésta se convirtió en la *Presencia*

Gobernante, en la condición atmosférica en torno de él y *Dios actuó*. Las palabras: "¡No pasarán!", forman un decreto. Este es dinámico, poderoso, real y suelta su poder tremendo. Solamente hay Un Poder que actúa. Dale completa libertad.

Mantente con Él y deja que Él actúe. Mantente en Él y con Él. No hay ningún otro poder para actuar. Avanza constantemente, como un glaciar que baja de la montaña. Tú vas hacia adelante firmemente y estás ganando un ímpetu al que nada puede resistírsele. Es un empuje, un poder y medio de realización infalible de todas las cosas buenas. Este es el único camino para el dominio permanente.

Para la limpieza usa frecuentemente: "*YO SOY la Presencia aquí que mantiene mi ropa y hogar inmaculados*". Después de un tiempo la fuerza se convierte tan poderosa, que consume o repele instantáneamente cualquier cosa no deseada. Mientras más conscientemente actúes en una cosa, más concentrada se vuelve ésta.

Cuando dices: "*La Presencia que YO SOY, carga esta cosa con Poder, Energía, Amor*", etc., puedes cargar el agua tan poderosamente, que ésta hervirá con el poder de la energía concentrada allí. No dejes que nada pregunte en tu mente si la orden funcionó o no.

Cada vez que ordenes, di: "*Yo sé que estas actuando con todo Poder*".

Debes saber:

"*Lo que YO SOY significa*".
"*Lo que YO SOY es para ustedes*".
"*Lo que YO SOY es para ti*".
"*Lo que YO SOY puedes hacer*".

Comprende esto y aguántate firmemente con determinación inflexible.

Dentro de ti está la fuerza y el poder para hacer esto y si te mantienes en esta Poderosa Presencia "YO SOY" gran asistencia te será dada.

Capítulo XVI
Día de Acción de Gracias

Rayo personal de Jesús y otros rayos creados

La primera actividad es la de los Rayos divididos saliendo a la individualización, a la expresión visible. Cuando hablo de la expresión individual o visible, uso ese término por la actividad física, no es que ésta no sea siempre visible, porque lo es; pero para aquéllos en la forma física, hablo de ello como visibilidad.

Así pues, verás la naturaleza de tu Ser como Rayos de Luz que eres, como la Cualidad Natural de la Vida que tanto deseas. Se acerca rápidamente el día en el cual muchos, muchísimos estudiantes empezarán a usar los Rayos de Luz de los cuales forman parte, especialmente el Rayo de la Visión y de la Luz.

Hasta en el mundo físico de hoy se están descubriendo propiedades y usos de estos rayos. Estas son actividades, que aunque extrañas para la actividad visible son naturales para la *Presencia Interna.* En verdad que es rudimentaria la forma de uso de estos rayos en el presente; pero se requiere solamente otro paso para llevarlos a través del velo.

El poder de la *Presencia e Inteligencia "YO SOY"* para usar estos rayos será siempre infinitamente más poderoso que cualquier plan mecánico en el cual están siendo usados. Sin embargo, para el estudiante que todavía no ha encontrado la habilidad para usar estos rayos, la experiencia del científico será un estímulo maravilloso para descubrir la asombrosa habilidad que tiene el individuo para usarlos.

Es muy importante saber que hay Rayos Naturales que penetran a través de la atmósfera o cinturón etérico dentro de la atmósfera de la Tierra. Al decir naturales, me refiero a los rayos proyectados por la Divinidad o Gran Sol Central, que en años recientes han sido hechos permanentes.

Después están los Rayos Creados, que fueron creados y proyectados por la Hueste Ascendida, por aquellos que han ascendido en cuerpo. Estos últimos son los más potentes de todos los rayos porque son manipulados conscientemente.

Los rayos que los científicos están contactando son los Rayos Naturales, que tienen una cierta potencia natural.

Es muy necesario, como ha sido expuesto en la *"Presencia Mágica",* la preparación de estudiantes ansiosos, que pueden ser elevados e instruidos sobre el uso de estos rayos. Entre ustedes hay los que pueden hacer esto y como están preparados con una constancia determinada a la Luz, más y más de la Ley les será revelado en lo concerniente al uso de estas fuerzas potentes.

Siento una alegría inmensa en las posibilidades que tienes tú y otros estudiantes. Confío que hallarás dentro de ti mismo esa fuerza y determinación constante para asirte fuertemente al trabajo externo e interno que se está haciendo para ti, con un sentimiento alegre de seguridad en los poderes ilimitados, que la verdadera libertad trae.

De tiempo en tiempo he procurado darte una palabra de aliento y, a través de esto, envolverte en la radiación de fuerza que es audaz e intrépida en la Luz. La amorosa quietud gozosa en la actitud de los estudiantes es maravillosamente alentadora, porque la actitud expectante es la actitud correcta que ha de ser mantenida.

Yo sugiero que aquéllos que están teniendo experiencias desagradables, retiren conscientemente todo poder que han estado dando a estas condiciones, sin saberlo. Cuando es necesario discutir alguna condición para comprenderla, seguidamente retiren inmediatamente cualquier poder que les ha sido dado y después sepan que: *"YO SOY la Presencia Armoniosa que prevalece siempre por encima de cualquier cosa que la condición sea"*.

Repetiré otra vez algo que he insinuado anteriormente, pero que solamente ha sido absorbido parcialmente: *"Cualquiera, especialmente el estudiante, que ha experimentado inarmonía o limitación en su mente, hogar o mundo, puede con un esfuerzo persistente y sin tensión —agarrándose con determinación al decreto siguiente— mantener su hogar libre de cualquier cosa indeseable: YO SOY la Presencia gobernante dirigiendo en perfecto Orden Divino, comandando la Armonía, la Felicidad y la Presencia de la opulencia de Dios en mi mente, mi hogar y mi mundo"*.

Cuando digo: *"YO SOY la Presencia gobernante"*, tengo la completa certeza consciente de que he puesto en movimiento todo el Poder y la Inteligencia de Dios para producir las condiciones deseadas y que éstas serán autosostenidas.

Me parece que no has comprendido claramente que cuando usas la expresión: *"YO SOY la Presencia en mi mente, hogar y mundo"*, no solamente estás ordenando a la *Presencia Conquistadora* de esta actividad a través de tu propia consciencia, sino que también estás invocando la asistencia de la Presencia de Dios "YO SOY", en el hogar y mundo de aquél que lo contacte.

Esta es vital que el estudiante lo comprenda. No te desanimes si no ves la manifestación inmediata de esta armonía que deseas, sigue sintiendo la Presencia Conquistadora "YO SOY". ¿No ves que cuando estás en esta consciencia, solamente la Presencia de la cual estás consciente actúa? Toda otra actividad de lo externo que no es deseable, es solamente una actividad distorsionada de esta Magna Energía. Por lo tanto, cuando digas: *"YO SOY la Presencia Conquistadora, yo ordeno a esta Presencia YO SOY que gobierne perfectamente mi mente, hogar, asuntos y mundo"*, has lanzado el Decreto más grande que se puede hacer, y tienes solamente que sentir el poder sostenedor de esto cuando te enfrentes a cualquier apariencia. Así encontrarás la *Perfección* manifestada en tu mente, hogar y mundo.

Yo deseo que leas cada día esta parte especial para que mantengas ante ti la Verdad Poderosa que sustenta estas afirmaciones.

Ahora llegamos a un punto vital: el del Rayo o Rayos Personales enviados por Jesús directamente. Muchos preguntarán ¿Por qué Jesús en especial? Yo respondo: Porque la humanidad ha sido enseñada a que fije su atención en la presencia de Jesús el Cristo, y muchos tienen el conocimiento de la Hueste Ascendida de los Grandes

Maestros de la Gran Hermandad Blanca, que asemeja el poder ilimitado.

Tú tendrás el Rayo Personal de Jesús el Cristo durante las próximas siete semanas. Aquellos que puedan dejar de lado cualquier pensamiento de otras personalidades y con los brazos abiertos, hablando mentalmente, acojan estos Rayos dentro de la mente, hogar y mundo de cada uno, podrán encontrar casi cualquier cosa posible.

Yo te aseguro que la idea de estos Rayos Personales de Jesús el Cristo no es una cosa imaginaria, y tú, nuestro Amado Mensajero, tienes las gracias personales de Jesús el Cristo, por tu posición osada y el uso de la Presencia Ascendida de Jesús-Cristo.

Así como el Mensajero da riquezas y sabiduría y verdad, así deben los estudiantes, en su amante sinceridad al Maestro y a través de la Presencia "YO SOY", trabajar por la salud y prosperidad de los Mensajeros. Esto abriría puertas al estudiante, que de otra manera no sería posible.

Hay indicaciones de que algunos recibirán próximamente revelaciones sobre cierto uso de Luz Líquida. Deseo que fijes la atención en esto, para que si estás preparado, puedas recibirlas. Déjame decirte que tu actitud correcta es de regocijarte siempre del adelanto de tu hermano o hermana, porque cada individuo recibe eso que necesita más en ese tiempo determinado, y si uno recibe una cosa, otro puede recibir otra. Por lo tanto, en ningún tiempo debes sentir que tienes que tener la misma cosa que otra persona reciba (me refiero en cuanto a revelación). Como no hay dos personas iguales o en el mismo grado de adelanto, puedes comprender que cada uno no puede recibir la misma cosa al mismo tiempo que otro.

La actitud más maravillosa del estudiante es la de bendecir continuamente y alegrarse de cualquier revelación que venga a su compañero, manteniendo así la puerta abierta constantemente a esa Gloriosa Presencia Interna.

Las llamadas mentes prácticas sienten que no hay nada real a excepción de lo que puedan sentir y palpar, pero no se puede de ninguna manera recibir nada de gran magnitud de su Presencia Interna Poderosa a menos que uno crea en los poderes y leyes ilimitados de la inteligencia de Dios individualizada.

La mente práctica que duda por siempre de las cosas que no puedes ver tiene que recorrer todavía un largo camino, a menos que corte las dudas de la misma manera como se poda la rama indeseable de un árbol. Tú sabes que es una buena idea, después que esta rama ha sido cortada, que la consumas en la *Llama Consumidora*, para que no vuelva otra vez. Parece difícil que el estudiante se dé cuenta del tremendo poder que es la consciencia de esta Presencia Consumidora. Para algunos es difícil alejar de su pensamiento que es imaginaria, pero si ellos pudiesen ver desde el punto interno, verían que Ella tiene una Presencia y Poder eficaz y son muy reales.

Deseo que durante dos minutos sientas este Rayo Deslumbrante de Luz penetrando en cada átomo de tu Ser.

Hay ciertas actividades que deben ser contactadas por la Presencia Interna antes que la atención externa se pose en ellas. Esto es difícil de comprender para el estudiante, el estudiante tiene primero que penetrar y solamente puede penetrar a través de su Presencia Interna.

Una cosa muy simple, pero maravillosa es la de bendecir cada noche y mañana a esa Presencia Magnífica de Vida que anima la mente y el cuerpo. Es una cosa tremenda el sentir profundamente esa acción de gracias por la Presencia de la Vida, que contiene dentro de Ella misma todas las cosas. Solamente tienes que estar agradecido a la

Vida por todo lo que Ella es y contiene. La misma Presencia de la Vida nos capacita para hacer las cosas de las cuales estamos conscientes y deseamos hacer, porque no podemos movernos sin esta Presencia, no podemos ni pensar en ella. Si uno tomase este decreto: *"YO SOY la Presencia pensando a través de esta mente y este cuerpo"*, recibiría ideas notables.

El cerebro es el primer lugar donde la obstrucción empieza a registrarse, porque ese es el punto de contacto con ideas falsas, las cuales se registran rápidamente e intensamente en la estructura del cerebro, porque ese es el campo de la actividad atómica. Empero, la atención sostenida en la Presencia "YO SOY" libera el Poder de la Perfección que está dentro del electrón en el centro del átomo de tal manera que las falsas ideas y la obstrucción a la Luz se disuelven simplemente y desaparecen.

Pregunta: ¿A dónde vas?

Respuesta (Saint Germain): A la Ciudad Dorada.

"Desde ahora hasta dentro de tres semanas después de Año Nuevo, es tiempo de gran regocijo en la Ciudad Dorada porque da una gran oportunidad para transmitir al mundo físico, a través de la Luz y de los Rayos del Sonido, su propia Radiación Poderosa. Si la humanidad pudiese comprender y apreciar este hecho, cosas notables pudieran ocurrir, pero eso no impide que los individuos que lo puedan captar reciban su beneficio extraordinario".

El alejar absolutamente la mente de cada personalidad es la cosa más simple si los estudiantes lo pudiesen comprender y aplicar. Solamente tienen que saber: *"YO SOY la Única Presencia allí"*. Esto abrirá las puertas ¡oh, tan anchas!

El Amor y la Invocación a un Ser Ascendido capacita para que la radiación sea dada, y no es posible que ocurra de otro modo.

Uno no puede interferir por mucho tiempo en el progreso o crecimiento de otro. Porque si el que obstruye no suelta y relaja su influencia sobre el otro que está listo para ir más arriba, el que obstruye será desplazado por su propia acción. Si uno continúa asiéndose constante y sinceramente a la Luz, las personalidades serán barridas o desconectadas armoniosamente del mundo del individuo.

En ese estado de crecimiento es necesario saber: *"YO SOY la Presencia Activa de todos los canales de distribución de todas las cosas actuando para bien mío"*. Cuando el pensamiento viene de que: "Esto es todo lo que tengo", córtalo de raíz y di: *"YO SOY la Opulencia de Dios en mis manos y la uso hoy"*.

Esto debe ser mantenido como un Silencio Sagrado dentro de cada individuo. Toma esto como una sabiduría sagrada y reverente para ser usada. Cuando tomes del propio "YO SOY", es imposible que tomes algo que justificadamente pertenezca a cualquier personalidad.

Tú estás decretando para tu mundo, así que no puedes tomar de nadie cuando sabes su propia Ley: *"YO SOY la Presencia actuando en todas partes"*. No hay posibilidad de división de la Presencia "YO SOY".

Si necesitas dinero, di: *"YO SOY la Presencia Activa, trayendo este dinero a mis manos y uso instantáneamente"*. Es muy valioso alejarse de la importancia del dinero. Este es solamente un medio de intercambio. No les des poder; pon todo tu poder otra vez con Dios y después cuando ordenes, no importa lo que quieras, tendrás todo el poder instantáneamente a la mano para atraer el cumplimiento del decreto.

La vibración dentro de cualquier elemento es siempre el aliento de Dios, autosostenido eternamente. Toda pulsación es el aliento de Dios. La consciencia simple de que:

"YO SOY la Presencia de la salud perfecta", es este aliento de Dios actuando.

"YO SOY la Presencia del Perdón en la mente y el corazón de cada uno de los hijos de Dios", de lo que emana una acción vibratoria enorme. Mantén lo siguiente con intensidad: *"YO SOY la Mente Pura de Dios"*.

Capítulo XVII
Los Andes

Cuando estés lo suficientemente fuerte para soportarlo, nosotros te traeremos en forma descriptiva, una de las más estupendas expresiones del uso correcto e incorrecto de esta *"Poderosa Presencia YO SOY"*.

Esta experiencia real tuvo lugar en lo que son ahora las montañas de Los Andes, en América del Sur, en un tiempo muy remoto, cuando los hijos de Dios empezaron a olvidar, por primera vez, su origen y comenzaron a reclamar la Energía Poderosa de la cual ellos estaban conscientes como cosa suya.

Los estudiantes y el género humano tienen solamente un pobre concepto, hasta en la angustia que ellos se han creado, de cuán poderosamente fue usada esta fuerza en un tiempo para motivos egoístas. No se ha conocido nunca una condición anterior similar. Todavía quedan vestigios de la ciudad subterránea, que describiremos, y en la cual ocurrió ésto.

¡Oh, que los hijos de Dios despertasen a la actividad estupenda del uso de los Poderes de la Luz para el bien de la humanidad, cuando su atención esté concentrada sinceramente en esa Luz!

Si los muchos estudiantes de los varios ángulos de la Verdad en la Tierra pudiesen hoy en día alejar la ignorancia de la mente externa y creer en los milagros aparentes de los tiempos, se rompería el cascarón del Yo exterior y dejaría entrar la Luz. La fe de creer en las cosas que no se ven, es uno de los medios más grandes para abrir la puerta a la actividad consciente de la *"Luz de la Presencia YO SOY".*

De la misma manera que usas el automóvil y el aeroplano para cubrir las distancias rápidamente, asimismo la *"Gran Presencia YO SOY"* usa el cuerpo. El cuerpo representa el avión, y la mente su motor poderoso, a través de la cual la *"Presencia YO SOY"* lo propulsa.

Yo estoy seguro que los estudiantes no han comprendido la forma sutil que adopta la duda. Una pregunta en la mente, a sabiendas o no, concerniente al Todopoder de la *"Presencia YO SOY"* es una fórmula sutil de duda. Aquéllos que quieren o tratan de discutir la cuestión de la realidad de la Gran Verdad de la Vida, lo crean o no lo crean, están admitiendo la duda en sus vidas.

Hoy en día, ninguna mente racional y sincera, una vez que haya dado vuelta a su atención, y la haya fijado firmemente en la *"Presencia YO SOY",* puede discutir, dudar o interrogar la Omnipotencia de esa Presencia "YO SOY".

La duda, escasamente reconocible, que deja entrar en la mente argumentos concernientes al origen de su Ser, es solamente una falta de fortaleza para alzarse en contra de la Ley de la Resistencia, fortaleza por medio de la cual se mide el crecimiento de lo externo.

Hay una diferencia muy grande entre un razonamiento sincero para conocer la Verdad y la tendencia humana a discutir en contra de la misma realidad que ellos quieren creer. Siempre damos la bienvenida, muy seriamente, a la interrogación sincera de la Verdad, pero no tendremos nada que ver con aquella naturaleza cuya tendencia dominante es la de discutir contra la Realidad de la Verdad. Mientras más se admira la discursión de la Verdad en la vida de un individuo, más grande será la barrera que éste construya para después tener que vencerla ese día distante en el que la tendrá que superar.

Los estudiantes que critican, condenan, o se sientan a juzgar este canal de expresión de la Verdad, se encontrarán parados al borde de un precipicio, al cual caerán en cualquier momento, sin otra causa que la de su propia creación.

Deseo que todos comprendan que este resplandor de la Luz ha sido establecido con cierto propósito definido, y seguirán haciendo su trabajo, prescindiendo de cualquier personalidad o de todas las personalidades en existencia. Digo esto abiertamente para que los estudiantes de esta Radiación puedan comprender que están tratando con fuerzas Poderosas, que son tan reales como la misma realidad es. Aquellos que no puedan pasar este examen y soportar el brillo de la luz, no necesitan culpar nunca a nadie, sino a ellos mismo, porque tienen libre albedrío y se les ha dado el uso de la *"Poderosa Presencia YO SOY"*, a través de la cual pueden mantener el Autocontrol absoluto.

Tengo que aclararte otra vez, que cuando seas lo suficientemente incauto para intentar discutir la Verdad Sagrada que se te está dando para tu propia libertad y uso, con aquellos que no saben nada acerca de ella, estás metiéndote en las aguas profundas de duda e interrogantes. Solamente te puedo decir que en el pasado, a los estudiantes que eran llevados a los retiros para instrucción, no se les permitió, ni nunca se les ocurrió discutir la Verdad entre ellos. Ellos aplican silenciosa y seriamente la instrucción impartida por su Maestro, y llegan seguros a los resultados que desean.

Sería mejor que los estudiantes fuesen apedreados en las calles, en vez de condenar, criticar o juzgar la Luz que se les da; porque si entrasen en la *"Presencia YO SOY"*, como han sido dirigidos, cada pregunta, cada problema en sus vidas, desaparecería como la niebla ante el resplandor de la luz solar mañanera.

Estoy seguro que todos estos estudiantes son lo suficientemente fuertes para oír la Verdad y usar la Fuerza de la *"Presencia YO SOY"* para gobernar y controlar lo externo, a fin de recibir la Presencia completa, el Amor, Sabiduría, Poder y Opulencia de la Gran y Todopoderosa *"Presencia YO SOY"* que los capacita para pensar, sentir y vivir y que les ha dado el deseo de alcanzar la Verdad y la Luz.

Yo deseo decir abiertamente y con la "Vara de Fuego" puesta en la consciencia de los estudiantes, que su hermano y hermana, que les están dando esto, son solamente Mensajeros de Aquéllos, que han sabido y han probado esta Ley durante muchas centurias. Estos Grandes Seres, en quienes tu atención se ha fijado, no son un mito, ni una invención de la imaginación de lo externo. Son seres amorosos, vivos y sabios, que poseen el poder que Ellos pueden dirigir o usar bajo su propia discreción, cosa que es imposible de concebir por la mente humana.

En el pasado, el estudiante siempre había tenido un tiempo casi ilimitado para decidirse entre si deseaba actuar en la Luz, o si quería seguir vagando en la ignorancia de su Presencia y Facultades Poderosas. Los ciclos cósmicos han cambiado muchas veces, y ha llegado el tiempo en el que los hijos de Dios tienen que hacer su decisión final, o sea, decidir a quién servir.

Nunca antes en la historia del mundo han sido dadas tantas oportunidades o asistencia a los hijos de la Tierra para que encaren el "Esplendor del Sol de la Luz Eterna de Dios", y caminen seriamente y sin miedo dentro de Su Esplendor Radiante, libres, por siempre libres de toda limitación, viviendo en la abundancia de esa Luz, envolviéndolos como un manto de paz y descanso.

Otra vez te digo, amado estudiante: "Si no puedes sentir en tu corazón la Verdad de estas instrucciones traídas a ti en una fuente de oro, entonces nunca, en el nombre de tu *'Presencia YO SOY'* digas o hagas algo que descorazone a otro acerca de la Luz que pueda recibir. En la plenitud del Gran Amor de mi Ser, te doy la Verdad llana y genuina y que su Esplendor causa la comprensión y el saber qué significan el Osar, Hacer y Callar".

Cualquier pregunta en tu mente sobre la realidad o autenticidad de la fuente de tu instrucción, solamente impide tu progreso y causa que te demores meses o años en realizar lo que puedes hacer fácilmente en unas pocas semanas con una mente libre y en paz.

Como uno que te ha escogido, Yo sé y siento cada uno de tus pensamientos. Es muy fácil que el estudiante piense a ratos que sus actos o pensamientos están a cubierto y que son desconocidos, pero para la Hueste Ascendida no hay ningún acto o pensamiento que pueda ser escondido de ellos, porque todo lo que tú piensas o sientes se registra en el mundo etérico alrededor tuyo de una manera tan natural, como la nariz en tu cara.

Así que nunca cometas el error de sentir que puedes pensar o actuar en secreto. Puedes esconder algo fácilmente del Yo externo, pero nunca de la Presencia "YO

SOY", que la Hueste Ascendida es, sin obstrucción. Esto, mi querido estudiante, es lo más que se me permite decir para ayudarte a que te pongas en guardia. En el futuro, no se hará ninguna referencia adicional sobre esto. Recuerda que la decisión queda dentro de ti si quieres o no seguir adelante.

Ahora te diré algo muy alentador. La única razón posible por la cual el Rayo Personal de Jesús pudo darse a aquéllos bajo esta radiación en aquel tiempo, fue porque siete de este grupo de estudiantes fueron testigos de la Ascensión de Jesús el Cristo, hace 2000 años. Él los vio y los reconoció en ese entonces como Él los ve ahora, y no solamente está dando reconocimiento ahora, sino también asistencia.

De la misma manera que este Esplendor les llega a ustedes, amados míos, les llega a los corazones de aquellos, que pueden recibir la Presencia. Por esta Radiación, muchos que tienen un Amor profundo por Jesús o de Jesús a través de los canales ortodoxos, serán despertados a la Presencia de Dios dentro de ellos. Fuera de ésto, la actividad junta de Jesús con la Hueste Ascendida, está desplegando su manto de Amor, Paz y Luz sobre la humanidad, siendo éste el tiempo del año cuando la atención general es ganada más fácilmente.

¡Amado mío! Te parecerá increíble cuando Yo digo que los Maestros de Luz y Sabiduría tienen pasajes a través de la Tierra en todas direcciones, de la misma manera que tú en la Tierra tienes autopistas para ir de costa a costa en tu automóvil.

Si comprendieses la estructura atómica de la Tierra, no sentirás que esto es algo tan increíble, porque aquellos grandes que han asistido al progreso de la humanidad desde el principio, tienen que hacer uso solamente de ciertos Rayos para caminar a través de la Tierra tan fácilmente como tú caminarías a través del agua; diferente empero, en que ellos dejan la apertura detrás de ellos, mientras que tú en tus caminatas a través del agua, ésta se cierra detrás y el camino desaparece.

Asimismo con los Grandes Seres que han hecho brillar los caminos para la humanidad hacia la Luz. El camino queda para que aquellos niños de menos Luz lo puedan encontrar siempre y seguirlo. Si algunas veces ellos cometen un error y se desvían al camino errado, tienen la *"Presencia YO SOY"*, para llamarlos otra vez hacia el poder principal y conducirlos nuevamente, hasta que ellos también puedan ser Portadores de la Antorcha e Iluminadores del camino para aquellos que todavía tienen que seguir,

"YO SOY la Poderosa Presencia, que nunca se torna impaciente o se siente desalentada por los largos períodos en los cuales los hijos de la Tierra le dan la espalda a la Luz para disfrutar de las actividades sensoriales, hasta que un día se les hacen tan repelentes y casi con el último aliento gritan: ¡Oh, Dios, sálvame!"

No puedo más que sonreírme cuando me imagino que pensarás que soy un viejo regañón, pero no es así, sino que con el coraje necesario debo decirte las verdades que existen en tus necesidades, para que saques provecho de ello. Cuando me conozcan mejor, no me considerarás, después de todo, ni tan viejo ni tan regañón.

Mientras tengas que hacer preguntas constantemente, no encontrarás totalmente abiertas las puertas de la instrucción.

Los Rayos Naturales se harán permanentes para la Tierra y serán recogidos en el centro, si el deseo de la humanidad para alcanzar la Luz es genuino, lo cual determinará si esta actividad autosostenida vale la pena. El globo está compuesto de tierra, agua y aire. Los Rayos son el Fuego Cósmico interpenetrando los otros tres elementos. Los Rayos pasan a través de la Tierra y donde se entrelazan, se suavizan y forman el Esplendor Luminoso de la actividad concentrada de la Luz.

Un rayo entra en la corteza terrestre en un punto al sur del centro del Desierto de Gobi, y el otro entra justo al oeste del Lago Titicaca en las montañas de Los Andes. Es el lago más grande de América del Sur y del mundo, y fue un punto de gran importancia centurias atrás.

Estos son los puntos más intensos de Luz en la Tierra. Durante cada ciclo, una Actividad Cósmica, en la cual no se puede interferir, toma lugar. Las grandes Leyes Cósmicas son exactas hasta en el detalle más mínimo, y una cosa como el fracaso o el accidente no está conectado con ellas.

No consideres otra cosa más en el mundo que la *"Gran Presencia YO SOY"*. Cuida y gobierna tu sentimiento, porque si no, llegará un momento en que te sorprenderá sin que te des cuenta.

Cuando algo te ocurre y tú, que conoces la Ley, te desalientas, deberías volverte a la *"Presencia YO SOY"* inmediatamente, y preguntar qué debes hacer; en cambio, mantienes tu atención fija en el desaliento, y algunas veces necesitas hasta de un terremoto para sacudirte y sacarte tal desaliento.

Toma del decreto: *"Esta resistencia tiene que dar paso, y la vista y el oído tienen que manifestarse"*.

Toma la posición firme de que: *"YO SOY la Presencia de mi perfecta vista y oído*, para sanar esas condiciones. Cada uno debería tomar el decreto: *"YO SOY mi vista y mi oído perfectos"*.

Los cuentos de las Mil y Una Noches, vinieron originalmente de los Maestros, que los dieros como Verdad Velada para ayudar a la humanidad, y aquéllos que creyeron en ellos a través de la fe, recibieron manifestaciones maravillosas.

En el principio de estas manifestaciones maravillosas tiene que haber fe para navegar con la marea hasta que podamos manifestar la realidad, porque la Fe es el poder sostenedor, y si la podemos mantener generada, se vuelve realidad.

Siempre están las dos actividades de la Ley cuando entras de lleno en su acción; primero, la condensación; y segundo, la conversión en éter. Síguelas serenamente y no dejes que el tiempo, el lugar o las cosas interfieran.

La mente externa tiene que mantenerse calmada y constante, y la voluntad externa e interna deben volverse una. Mientras la atención esté mantenida en ellos con una firme determinación, más les será revelada la Operación Interna, hasta que puedan manipularla conscientemente.

Capítulo XVIII
Actividad Sudamericana

M e encantaría que cada uno de los estudiantes, justamente ahora, usara el decreto siguiente con todo el entusiasmo que puedan ordenar: *"YO SOY, YO SOY, Yo sé que YO SOY el uso de la ilimitada Opulencia de Dios"*.

Deseo explicarte que cuando un grupo de estudiantes está de acuerdo en trabajar con el mismo principio y cuando usan este decreto, no solamente están trayendo a sus mundos el uso de esta Gran Opulencia, sino también están bendiciendo a sus estudiantes asociados con la misma cosa, porque *"YO SOY la Presencia en cada uno"*. Este es el magno poder de la acción cooperativa.

Los estudiantes que mantienen la amorosa bendición entre sí están sostenidos realmente en el "Abrazo de la Gran Presencia YO SOY", y cuando decretan Su acción, están ordenando la misma bendición y acción, no solamente para sí mismos, sino también para sus compañeros.

Esta es la actitud correcta que deben sostener, y si es mantenida sinceramente en el corazón de cada uno, nadie que esté dentro de este abrazo tendrá necesidades; en cambio, el estudiante que permita cualquier sentimiento de desamor para con otros, se aislará de este Gran Esplendor y Bendición.

Ahora entremos al entendimiento simple del Deseo de Dios y el libre albedrío. El deseo de Dios es la Opulencia de Buena Voluntad que es la primogénita de cada uno de los hijos de Dios.

Cuando te acercas a la Luz por medio del uso de la *"Poderosa Presencia YO SOY"* con sinceridad, no es posible que experimentes otra cosa que no sea la Voluntad de Dios. Como Hijo de Dios al que el Padre ha dado libre albedrío, tienes que comprender que solamente en ti está el decretar lo que actuará en tu vida y mundo. Debes comprender que Dios sólo puede actuar en tu vida y mundo de acuerdo a tu mandato, por tener libre albedrío.

Dios es el principio de toda Vida y cada hijo de Dios es una parte consciente, activa e Individualizada de este Gran Principio Único de Vida, Amor y Poder.

Dios ha dado en custodia a cada uno de sus hijos esta consciencia maravillosa, la cual es omnipresente, eternamente elástica para ser dirigida hacia el punto céntrico donde escribirá con la Pluma de Luz, para envolver la Tierra.

La consciencia es dirigida por el libre albedrío. Es falsa la idea ortodoxa de que Dios actúa según su propia voluntad en la vida de cada individuo o nación. Dios actúa solamente a través de la mente de su propia individualización que está vestida con las personalidades que ves a tu alrededor. Estas personalidades son sólo vehículos de uso y expresión de esta Poderosa Individualidad que forma la voluntad de Dios y su libre albedrío. La personalidad, vive bajo tu dirección consciente.

Yo te digo que cada función de tu cuerpo es sostenida a través de una acción consciente, aunque no te des cuenta de ello, pero a medida que vayas profundizando en la consciencia de la Poderosa Presencia "YO SOY", comprenderás que es imposible que una acción externa tenga lugar sin la acción autoconsciente.

Puedes comprobar esto de una manera muy simple. En efecto; si deseas realizar una acción física, mover la mano, por ejemplo, el pensamiento de hacerlo tiene que preceder evidentemente a la acción misma, de lo contrario la mano no se movería.

Deberías aceptar esta humilde explicación y meditar sobre ella a menudo, porque te despejará la mente de cualquier obstrucción. Eres un Ser con libre albedrío y un Ser autoconsciente, y esto es verdaderamente de vital importancia para todos los estudiantes. Amo a cada uno de ellos, a hombres y mujeres por igual.

La "Presencia Individualizada de Jesús el Cristo" estuvo en el centro de ambas clases de esta semana. En una estuvo bajo la forma de "Árbol de la Vida", y cada estudiante es una rama. En otra estaba su "Pilar de Esplendor Deslumbrante" dentro del cual está su Forma Personal Visible. En la primera su forma estaba dentro del "Árbol de la Vida" pero invisible, sin mencionar a otros de la Hueste Ascendida que estaban presentes. También estaban Nada, Cha Ara, Lanto y Yo.

Deseo decir al grupo de muchachos benditos con la rosa en el medio, que los tengo alegremente a todos ellos en mi abrazo afectuoso para que puedan usar e inhalar la Radiación de mi Ser. Tienen la Libertad y el Dominio a su alcance si se aferran a estas instrucciones y las aplican.

Además, deseo que los estudiantes entiendan que la Fuente de la Vida que fluye a través de sus mentes y cuerpos, les viene siempre pura y natural conteniendo todo el poder, coraje, energía y sabiduría deseados, pero al no controlar sus pensamientos y sentimientos están recalificando esta Esencia Pura, sin saberlo, con las ideas externas en las cuales la atención se ha fijado.

Formar el hábito de estar autoconsciente de que: *"YO SOY la única Inteligencia actuando"*, en todo momento en que la mente esté ocupada, resguardará a la maravillosa y poderosa Fuente de la Vida contra el efecto decolorante. Yo diría descalificante, de los conceptos erróneos que yacen en la actividad externa de la mente. Este es realmente el secreto simple de toda la Perfección si uno logra comprenderlo.

Esta vida grandiosa viene para nuesto uso pura y perfecta, pero por falta de comprensión, la mente externa la recalifica constantemente con conceptos discordantes; y así los seres humanos cambian su Acción Perfecta a lo que encuentran expresado en la actividad externa, como son la limitación y la discordia.

Esto te pondrá en claro la actividad simple y autoconsciente que debes mantener para poder obtener esta Vida maravillosa y perfecta que fluye constantemente a través de tu mente y cuerpo en su Estado Puro y Fragante. En verdad te digo, que aquéllos que siguieren y mantuvieren esta idea, encontrarán que las emanaciones de sus propios cuerpos se volverán más finas que la rosa y el lirio. Además podrán conocer la consciencia de esta perfección que fluye constantemente a nuestro uso como salud y belleza perfecta de cara y forma hasta que su Radiación brille como un Sol.

¡Oh, amado estudiante! Siendo esto tan simple, requiriendo tan poco esfuerzo sostenido consciente, ¿no vale todo lo que requiera de tu arte para entrar en la Presencia de esta Fuente de Vida y recibir su plenitud y bendición?

Hubo una vez en la actividad oriental una sociedad secreta, originaria de China, que fue mantenida gloriosamente en la Luz hasta que el que estuvo encargado de la cabeza de la orden pensó que su hija, a quien amaba mucho, había sido asesinada por un inglés en uno de los saqueos en la guerra. Esto trajo la destrucción de la orden. El retrato de esto en el mundo externo son las representaciones de "Fu Manchú", ejemplo perfecto de cómo la "Luz", pudo ser distorsionada por algo que empezó como un sentimiento de venganza.

El llamado "Fu Manchú", al principio de esta actividad fue un alma bella y admirable; esto demuestra cómo los estragos de la guerra y la ausencia del control del pensamiento y sentimiento en el individuo, pueden acarrear tal distorsión en la Corriente de la Vida.

En relación con la Actividad Sudamericana sobre la cual el trabajo presente ha fijado alegremente su atención: Hasta que este foco de radiación empezó, la posibilidad de establecer dicho foco en el agitado mundo occidental fue puesta en duda por la mayoría excepto por Lady Nada y Yo. Ellos no sabían ni conocían el hecho de nuestra larga asociación por no haberles sido revelado nada. Así que, bajo mi propia responsabilidad, dije: "Yo lo probaré".

Ahora tengo la plena cooperación de todos los que dudaron. El Maestro de Venus y Lanto también estuvieron con nosostros. Yo les dije: "El tiempo ha llegado en que aquellos que están fuera de los Retiros pueden ser convertidos en Verdaderos Mensajeros de la Luz". Gracias a ustedes he probado estar en lo cierto. Ahora, claro, les pido que se mantengan conmigo en el sostenimiento de esto.

Esto comprueba que es posible establecer esta Poderosa Presencia Activa en medio de una tormenta. Siempre he mantenido esto, y casi todo el tiempo he estado solo;

pero la habilidad de los estudiantes para asirse al uso de la Presencia "YO SOY" está haciendo posible cosas tremendas, y como aliento les digo sinceramente que con esta condición maravillosa sostenida ha llegado el punto en que no es imposible tener varios de los Seres Ascendidos sentados en un medio, visibles como sus cuerpos físicos, hablando con ellos.

Esto no es obra solamente de un deseo de los estudiantes, sino más bien de su preparación para ello. Claro que este buen hermano no lo supo hasta hace poco, pero durante 30 años él ha sido preparado para ello. Durante la mitad del tiempo, su preparación era llevada a cabo en lo invisible y ha sido una cosa notablemente bella para todos los que la han observado.

Alumno.—La otra noche en meditación profunda oí las palabras: "En la Ciudad de Delhi"—.

Maestro.—"Que realmente quiere decir en la Ciudad de Luz"—.

Alumno.—El lunes 29 de noviembre de 1932 en la mañana antes de la plática y otra vez hoy también antes de la plática, oí las palabras de Jesús: "Has estado conmigo en mis penas, me verás ahora en mi Gloria y verás la recompensa que mi Padre dará"—.

Maestro.—"Y así será en tu experiencia externa"—.

Las mismas palabras que Jesús usó de tiempo en tiempo pueden ser y serán usadas alguna vez, en alguna parte con la realización consecuente, porque las palabras que Él usó todo el tiempo eran "Vida" y contenían dentro de ellas esa Vida Ascendida o Vida Perfecta.

Pregunta.—¿Cómo está la situación mundial?

Respuesta.—"El elemento que buscaba entrar no realizará tanto como se esperaba. El dicho antiguo que si le das a un becerro cuerpo suficiente, se colgará es verdadero en ciertas fuerzas.

Alguna veces piensan que han ganado una victoria fácil, cuando lo que han hecho es cavar su propia tumba.

Ha sido una gran alegría para mí comprobar que en la Tierra de América por la cual he trabajado tanto, estaban aquéllos que podían recibir eso que tú estás recibiendo y mandando en este tiempo. También los Maestros de Venus han observado esto conmigo desde hace algún tiempo. El campo de acción de Kumara era distinto, pero ahora también observa esta realización.

Ninguna radiación sale de ninguna parte del Universo excepto a través de la proyeccción consciente. La radiación proyectada de las estrellas a nuestra Tierra no puede tener contacto con la Tierra sin la dirección consciente del Ser Cósmico, la cual es la presencia consciente dirigente de la estrella o planeta. Esta dirección consciente es lo que hace que la radiación de un planeta a otro llegue a su destino, pero la radiación así dirigida no lleva aspecto adverso alguno contra nadie.

Las leyes universales, cósmicas, de la Tierra, que impelen el crecimiento a través de la ley de la experiencia, llevan consigo mismas aquello que no conocen como resistencia. Si no hubiese lo que el individuo conoce como resistencia, éste no haría el esfuerzo consciente, lo que haría imposible el avance en comprensión, o la vuelta a la casa del Padre de la cual se han extraviado los niños de la Tierra.

La resistencia no tiene nada que ver con la discordia. La Resistencia es una Ley Natural; la discordia es una creación humana. No existe discordia en el Universo, excepto la que crea la personalidad.

Toma consciencia de que: *"YO SOY la Presencia gobernante de esto"*. Primero viene a la mente el deseo y si tomas consciencia: *"YO SOY la mente pura de Dios"*, consumes el pensamiento y mantienes tu mente enteramente libre del deseo.

Cuando el líquido se precipita en la mano, califícalo instantáneamente como Luz Líquida y se manifestará como eso. Da la orden para esa cualidad antes de comenzar la precipitación.

Un estudiante no debe esperar ver la misma actividad que otro; no se supone que los estudiantes vean o sientan lo mismo.

No hay ni un momento en el día en el que no visualicemos algo, porque el poder de la visión actúa todo el tiempo. Saca todo de la mente, excepto el cuadro que quieres, porque eso es todo lo que te concierne. No dejes que la atención enfoque el aparente vacío.

Capítulo XIX

A Través de un Rayo Personal Jesús Manifestará Ahora su Deseo a los Estudiantes

(Habla el Amado Ascendido Maestro Jesús)

Cuando dije: *"YO SOY la puerta abierta que ningún hombre puede cerrar"*, quise hacerle comprender a la humanidad que me refería al *"Gran YO SOY"*, que es la Vida de cada individuo manifestada en la forma. No deseé comunicar que el Jesús personal era el único a quien este gran privilegio había sido conferido. Cada uno de ustedes, amados hijos del *Padre Único*, tiene la misma *Presencia Poderosa* dentro de sí mismo, el *"Gran YO SOY"* que Yo tengo y que tenía en ese tiempo, por el cual alcancé la Victoria Eterna y Final.

Para aliento, fuerza y certeza de tu mente, deseo que comprendas que la consciencia que usé para alcanzar esta

Gran Victoria fue el uso de la *"Presencia YO SOY"* que se te está enseñando. Después de una búsqueda por todos los caminos posibles en aquel tiempo, la determinación y el deseo por conocer la Verdad me condujo al Gran Maestro —que conocerán algún día— quien me dio el Secreto Interno y la Poderosa Concesión, que me volvió hacia la "Poderosa Presencia, el Gran YO SOY". A través de su radiación, la comprendí y enseguida comencé a usarla. Esta es la única manera de que una individualización del Rayo de Dios, pueda lograr la Victoria Eterna y construir su estructura sobre una base firme, de la cual ninguna actividad exterior puede distraer.

Ahora deseo transmitirte este uso simple; todopoderoso, de la *"Presencia"*. Todos los que han alcanzado la Poderosa Victoria y han ascendido como Yo lo hice, antes y después de mí, han usado la actividad consciente de la *"Poderosa Presencia Eterna, YO SOY"*.

Cuando dije a mis discípulos y a la humanidad: "Las cosas que yo hago, vosotros podéis hacerlas también y mayores aún". Yo sabía de qué estaba hablando. Sabía que dentro de cada individualización o Hijo de Dios, estaba esta *"Poderosa Presencia YO SOY"*, por cuyo uso estás impulsado hacia adelante sin ninguna incertidumbre. Digo, "impulsado" porque eso es lo que quiero decir.

El uso constante de tu *"Presencia YO SOY"* te impulsa hacia adelante a pesar de cualquier actividad del cuerpo externo. Tormentas, angustias y disturbios pueden arder alrededor tuyo, pero mientras que esta sola idea sea mantenida firmemente y estés en la consciencia de la *"Presencia YO SOY"*, puedes permanecer sereno, inconmovible por el torbellino bullicioso de la creación humana, en el cual prodrás estar envuelto.

Hay solamente una manera de que tú y el Padre se vuelvan eternamente uno, y ésta a través de la aceptación completa de su *"Presencia YO SOY"*, la Energía, el Amor, la Sabiduría y el Poder que Él te ha dado; atadura dorada, escalones preciosos, por medio de los cuales ascenderás serenamente hacia la realización final.

Un día, en alguna parte, cada individualización de Dios, el Padre, tiene que encontrar el camino de regreso hacia el Padre a través de su *"Presencia YO SOY"*, cumpliendo con su ciclo, o ciclos, de individualizaciones en el uso de la actividad externa del Yo externo. La Tierra es la única esfera donde hay la densidad de la estructura atómica que experimentas. El reconocimiento consciente y el uso de la *"Presencia YO SOY"* que eres, gradualmente aumenta la accción vibratoria de tu estructura atómica, desvistiendo y liberando la actividad electrónica que está escondida dentro del átomo, permitiendo que te vuelvas un Ser autoluminoso.

Deseo que todos los que puedan recibir esto o contactarlos algún día, comprendan muy bien que Yo no soy y nunca fui un Ser Especial creado por Dios, distinto al resto de la humanidad. Es verdad que había hecho esfuerzos conscientes previos, y había alcanzado mucho antes de la encarnación donde gané la Victoria Eterna. La experiencia que escogí hace 2000 años era para dar el ejemplo que cada individualización de Dios tienen que seguir tarde o temprano.

Yo insisto, Amado hijo de Dios, que me veas como un hermano mayor, uno contigo. Cuando dije o dejé la palabra: *"YO SOY con ustedes siempre la Presencia YO SOY, que soy y que ustedes son, es una"*. Por lo tanto ¿no ves cómo *"YO SOY contigo siempre"*? Medita profundamente esto, y trata de sentir su realidad.

Durante mi ascensión, y después de ella, vi la inmensidad de la radiación que yo iba a poder derramar a mis amados hermanos y hermanas en la Tierra, desde la esfera donde iba a habitar en adelante. Deseo decirles en verdad; cada individuo que mande su pensamiento consciente a Mí con el deseo de ser elevado por sobre las limitaciones de la Tierra o de su propia creación, y viva de acuerdo a ello, recibirá de mí toda la asistencia posible para ser dada de acuerdo a los escalones de crecimiento de la consciencia que alcanzará de tiempo en tiempo.

No me entiendas mal, cuando me refiero a crecimiento. Estoy hablando de la humanidad en general. No me refiero a algunos que tienen un logro previo suficiente para que en el uso presente y la completa aceptación de su *"Presencia YO SOY"*, puedan hendir el velo de la creación humana y avanzar en el *"Abrazo de la Resplandeciente Presencia YO SOY Ascendida"* en cualquier momento. Hay algunos en el grupo de estudiantes que se han formado, para quienes es posible hacer esto. Eso depende enteramente de ellos mismos, de la calmada intensidad equilibrada por la cual se vuelven conscientes de su *"Presencia YO SOY"*.

Te traigo estas grandes nuevas, porque yo las comprobé en mi experiencia personal.

Antes de que decidiera completamente la manera en que Yo daría el ejemplo a la humanidad, comencé de repente a usar la afirmación que me vino de su impulso interno: *"YO SOY la Resurrección y la Vida"*. Dos días después que comencé a usar esa afirmación con gran regocijo, vi lo que se debía hacer, y deseo asegurarte que fue el uso consciente de la Poderosa Afirmación: *"YO SOY la Resurrección y la Vida"* que me dio el poder para hacer la ascensión en presencia de tantos y registrar en los archivos etéricos ese ejemplo que se mantendrá presente eternamente para toda la humanidad.

Desafortunadamente, el velo de la idea ortodoxa cubrió las mentes de la gente, impidiendo la comprensión de que cada uno tenía dentro de sí la *"Presencia YO SOY"* lo mismo que Yo, por la cual cada uno podía lograr y hacer las mismas cosas que Yo y ganar la Victoria Eterna.

Este, amado estudiante, es el mensaje personal que te dejo, expresado a través del Rayo de Luz y Sonido en el cual cualquiera puede entrar, ver y oír con la suficiente preparación consciente.

Otra vez insisto que pienses de Mí como tu hermano mayor, listo para darte asistencia en todo momento. No pienses de Mí como un Ser Trascendente, lejos de tu alcance, con el que todo contacto es imposible, porque la *"Presencia YO SOY"* que me habilitó para hacer la ascensión, es la misma *"Presencia YO SOY"* que te capacitará para hacer la ascensión que Yo hice; solamente que hoy, tú tienes la asistencia de la Gran Hueste Ascendida de Seres que han ganado la Victoria Eterna que alegremente están a tu servicio, mientras tú te preparas.

Te envuelvo en Mi Amor, y te repito otra vez: *"Siempre estoy contigo"*.

Habla Saint Germain: *"¿No les tenía una sorpresa?"*

Capítulo XX
Energía a Través de la Mano

Son muchos los que han estado observando esta realización y ven con mucha alegría cómo verdaderamente los estudiantes están entrando en la *"Poderosa Presencia YO SOY"*, y cómo las cosas que los habían estado molestando se están disolviendo y están siendo desprendidas como si nunca hubieran existido.

Amado estudiante, ¿no te das cuenta del gran recocijo que embarga a aquéllos que hemos seguido el camino del logro de la Gran Libertad y Maestría sobre toda limitación, al verte entrar en esta Presencia, la cual si es mantenida, te traerá con toda certeza hacia esa misma Libertad? Solamente es cuando lo externo se torna lo suficientemente obediente, dándole todo poder a esa Gran Presencia Interna, que uno encuentra paz y descanso en ese Poderoso Reconocimiento.

En esa paz y descanso fluye un río poderoso de energía, así como un arroyo de montaña pasa a través de un valle fértil lleno de flores y vegetación perfecta. Así, en esa paz que sobrepasa toda comprensión humana, te moverás más y más, y encontrarás ese río eterno de energía fluyendo en y a través de tu Ser y experiencias donde quiera que vayas.

Es verdad que la inteligencia es el canal receptor, pero mientras sientas con sinceridad profunda y llena la *"Verdad de la Presencia YO SOY"*, encontrarás que esa quietud crecerá más y más hasta que un día "verás la puerta de tu creación abierta de par en par ante ti, y entrarás con los brazos abiertos en esa Libertad inhalando la fragancia de la Atmósfera Pura del Mundo Etérico, donde serás capaz de moldear esa substancia plástica en la Perfección de todo donde tu deseo se pose".

Estás progresando espléndidamente, no dejes que ningún miedo de personas, sitios, condiciones o cosas te interrumpan o te alteren; la *"Presencia de la Luz"* está ante ti, haciéndote señas de seguir adelante para que puedas ser sostenido en Su abrazo afectuoso, recibiendo Sus riquezas ilimitadas que Ella te guarda.

Ahora te diré algo que te asombrará, pero yo te aseguro que es muy cierto. Anoche se formuló la siguiente pregunta: ¿Han estado ustedes juntos anteriormente? Yo deseo decirles que no hubiese sido posible traerlos hacia esta acción intensa de la Gran Ley Interna, si no hubiesen tenido previamente una asociación armoniosa y un entrenamiento. Puede que sea difícil para ustedes comprender de primera vez que están recibiendo un entrenamiento intenso y que solamente es dado después de tres años de prueba en el retiro. Algunos de ustedes han almacenado tesoros de Energía, quiero decir: Energía creada por vuestra actividad consciente a través de la *"Presencia YO SOY"*. Otros tienen almacenados tesoros de Luz, otros tesoros de Amor, otros tienen oro y joyas que fueron guardados para ser usados en esta encarnación. Muchos están a punto de soltar a la visibilidad (en sus manos) estos tesoros almacenados. No piensen que me he perdido en ensueños fantásticos. Yo estoy trayendo esto a vuestra atención para beneficio y bendición propios.

Deseo que te recojas durante unos minutos y converses con tu *"Presencia YO SOY"* diciendo algo así: *"Gran Presencia Maestra que YO SOY, te Amo, te Adoro. Me vuelvo a Ti, plenitud de todo Poder Creativo, todo Amor, toda Sabiduría y a través de este Poder que Eres, te doy todo Poder para que hagas visible en mis manos y uso, la realización de cada deseo mío. Ya no pretendo tener ningún poder, porque ahora te reclamo a Ti, la única Presencia Conquistadora de todo, en mi hogar, mi vida, mi mundo y mi experiencia. Reconozco Tu Supremacía completa y Tu Dominio sobre todas las cosas, y mientras mi consciencia se fije en una realización, Tu Presencia Invencible y Tu Inteligencia asumirán el comando, trayendo la manifestación a mi experiencia rápidamente —hasta con la velocidad del pensamiento—. Yo sé que Tú eres Jefe de tiempo, sitio y espacio. Por lo tanto, Tú requieres solamente el 'ahora' para atraer a la actividad visible, toda Tu perfección. Yo me mantengo absolutamente firme en la completa aceptación de esto ahora y siempre, y no permitiré que mi mente se aleje de ello porque al fin, Yo sé que somos Unos".*

Amado estudiante, podrás agregarle a esto cualquier cosa que necesites, y Yo te aseguro, que si puedes vivir en esto. Yo me esforzaré en ayudarte y experimentarás la apertura de las compuertas de la Abundancia de Dios.

Lo más deseable e importante que cualquier individuo puede hacer, es fijar su mente en la única necesidad permanente y ésta es seguir adelante hasta llegar a la profundidad y firmeza de esta *"Poderosa Presencia YO SOY"* y una vez allí, todo el Amor, la Luz, lo Bueno y las Riquezas fluirán en su vida y experiencia por un poder interno de propulsión que nadie puede impedir.

Este es el objeto del entrenamiento verdadero, la razón por la que los estudiantes fueron traídos a los retiros a medida que estuviesen lo suficientemente adelantados, porque como he dicho anteriormente, es relativamente fácil resolver los problemas que vienen, pero Yo les pregunto: ¿Qué bien hace el continuar resolviendo los problemas, a menos que se tenga algo, en alguna parte, en qué pueda anclarse y qué lo elevará por encima de la consideración de cualquier problema?

Encontrar tu *"Presencia YO SOY"* y anclarse en ella es la única cosa deseable a hacer. Claro que hasta que llegues a este punto de anclaje firme a tu *"Gran Presencia YO SOY"* es necesario que resuelvas tus problemas a medida que vengan; pero es mucho mejor entrar y liberar esta Poderosa Presencia, Energía y Acción que ha resuelto los problemas antes de que vengan a ti. ¿No es esto más aceptable que, al despertarte cada mañana, encuentres estos problemas enfrente, mirándote en la cara, como si fuesen algo realmente importante, pero que después de todo no lo son? Sin embargo, estarás de acuerdo conmigo, que alguno de ellos, por lo menos para los sentidos externos, son de una importancia tremenda.

Con tu gloriosa obediencia al Principio Divino de los Seres Creados, nos encaminaremos con nuestra Armadura de la Protección invencible puesta, hasta que la intensidad de la misma Luz en la cual entrarás haga innecesaria la armadura.

¿No vale esto todo el esfuerzo necesario para que te muevas por siempre en esta Gloriosa Libertad? Entonces, cuando te despiertes por la mañana, ya no encontrarás a estos visitantes.

Mientras he hablado esas palabras, te he mantenido en el foco de mi visión, sin tu conocimiento, para que cuando oigas estas palabras sientas la convicción interna de éstas, con un Poder que te agradará.

Cada vez que pensamientos molestos o de crítica traten de entrar en tu consciencia, cierra la puerta rápidamente y ordénales que se vayan para siempre. No les des chance de que tomen terreno, recordando siempre que tienes la fuerza y el poder sostenedor de la *"Poderosa Presencia YO SOY"* para hacer esto. Si tienes dificultad en cerrar la puerta, háblale a tu *"Presencia YO SOY"* y dile: *"¡Mira, necesito ayuda. Cuida de que la puerta esté cerrada a esta molestia y ciérrala para siempre!"*

Quiero que te fijes en la consciencia de que puedes hablar a tu *"Presencia YO SOY"* de la misma manera que puedes hablarme a Mí, creyendo que Yo tengo poder ilimitado, porque Yo te aseguro que no son palabras a la ligera cuando digo: "Puedes decirle a esta Poderosa Presencia que se encargue de cada condición en tu experiencia y que te eleve hacia la Libertad y el Dominio de todas las cosas".

Cuando ya has alcanzado la actividad de la Substancia Universal, quiero llamarte la atención hacia el siguiente hecho: La substancia de tu cuerpo y esa substancia que parece invisible a tu alrededor, es inmensamente sensitiva a tu pensamiento y sentimiento conscientes, por lo cual tú puedes moldearla en cualquier forma que desees. La substancia de tu cuerpo puede ser moldeado por tu pensamiento y sentimiento consciente en la más exquisita belleza de forma: tus ojos, pelo, dientes y piel pueden ser hechos deslumbrantes con belleza radiante.

Esto es muy alentador para las damas y estoy seguro que también lo será para los caballeros, aunque a ellos no les gusta admitirlo. Amados hermanos y hermanas, cuando se vean en el espejo, díganle a lo que allí ven: *"Por vir-*

tud de la Belleza y la Inteligencia que YO SOY, les ordeno asumir Perfecta Belleza de forma en cada Célula de las cuales están formados y obedecerán a mis órdenes, convirtiéndose en Radiante Belleza en Pensamiento, Palabra, Sentimiento y Forma. YO SOY el Fuego y la Belleza de tus ojos llevando esa Radiante Energía hacia todo lo que mire".

Así lograrás la apariencia de Perfección que te dará el aliento que quieras para saber que *"YO SOY siempre la Presencia Gobernante".*

Si deseas que tus formas se vuelvan más simétricas, pasa tus manos por todo tu cuerpo, desde los hombros hasta los pies, sintiendo la Perfección o la simetría de la forma que se desee. A través de tus manos fluirá la energía o calidad de lo que desees manifestar. Si pruebas esto con un sentimiento profundo y verdadero, te asombrarás de los resultados. Este es el más grande adelgazante en el mundo y te aseguro que esto hará que mientras la piel tome la perfección y la simetría deseadas, ésta se mantenga firme y elástica en todo sentido, porque estarás mandando la energía de la *"Presencia YO SOY"* a través de estas células; obligándolas a obedecer el mandato dado. Esto puede parecer ridículo, pero Yo te digo que es una de las mejores maneras, más segura y perfecta de lograr la perfección del cuerpo. Yo te digo: Cualquiera que practique esto, pondrá el cuerpo en la condición deseada.

Quiero que los estudiantes absorban la plenitud de la idea de que ellos son los dueños de sus formas, mentes y de sus mundos y que pueden inyectarles lo que deseen. La Vida de Dios Pura y Perfecta fluye a través de ti en cada instante. ¿Por qué no cambiar el patrón viejo por el nuevo? ¿No ves lo importante que es el perfeccionamiento del cuerpo?

¿Qué puede hacer la Presencia Interna con un cuerpo que siempre está enfermo y fuera de armonía todo el tiempo? Cuando éste es el caso, la atención se fija tanto en el cuerpo que la *"Presencia YO SOY"* solamente obtiene un mínimo de atención. ¡Es tan fácil! ¡No hay más que intentarlo! Este tratamiento de la piel con la energía de la *"Presencia YO SOY"* hace a la piel firme y perfecta.

La razón por la que hablo de esto con un sentimiento tan profundo y ansioso, es porque veo el cambio y el adelanto en casi todos, y con una atención consciente especial puesta en esto, cada uno podría ser llevado mucho más rápidamente a esa Perfección tan deseada.

Cuando un individuo tiene un abdomen anormal —y cualquier cosa que no es recta es anormal— debe levantar su mano izquierda con la palma hacia arriba y mover su mano derecha sobre el abdomen en un movimiento de rotación de izquierda a derecha. Cada vez que la mano pase sobre éste, hay que sentir profundamente la actividad absorbente.

La carga rápida de energía a través de la mano entra en las células encogiéndolas y reduciéndolas a la condición normal. Y les aseguro que esta instrucción no es una fantasía, sino que tiene un sentido tremendo y dará resultados esperados sin duda alguna si se aplica con sentimiento ansioso.

La consciencia, claro está debe ser *"la energía que fluye a través de la mano derecha es la Presencia Todopoderosa y Absorbente que consume todas las células innecesarias, devolviendo al cuerpo su condición normal y perfecta.*

Esto no ajustará el tamaño anormal del abdomen, pero penetrará a través de la forma, cargando la actividad intestinal con un proceso limpiador y purificante que será de un beneficio inestimable. Aquellos en los que sea perezosa la actividad de esos órganos, encontrarán que se les activará hasta lo normal. Yo les aseguro que las damas no necesitarán usar más los rodillos o girar en el suelo, y también aseguro que ellas no son las únicas que usan los rodillos.

Es desafortunado, casi repulsivo, que los individuos que tienen dentro de ellos esta Poderosa Presencia de Dios, les den todos los poderes imaginables a las cosas externas para producir resultados dentro y fuera de ellos, cuando cualquier agente terapéutico que usen, sean ejercicios, drogas o cualquier otra cosa, tiene muy poco efecto, si acaso alguno, excepto la calidad y el poder que ellos les han dado conscientemente a estos agentes. Este tratamiento actúa sobre las células dondequiera que estén, sea en los huesos o en la carne.

La mente externa siempre duda de la habilidad de este Yo Interno para manejar parte del cuerpo. Si puede manejar una clase de células, puede manejar a todas. Haz que lo externo acepte todo el poder de la Presencia Interna y así dejar que ésta se expanda en el uso de todas las cosas.

La mente externa, a través de largo tiempo, les ha dado un poder enorme a las drogas y a los agentes terapéuticos de toda especie, pero ¿no ven ustedes que la única cosa que lo hace, es el poder y la autoridad que ustedes le dan para que tenga un efecto en sus cuerpos? No quiero decir, ni por un momento, que los individuos que no conocen a la *"Presencia YO SOY"* eliminen todos los agentes medicinales, pero si ellos fijaran sus mentes firmemente en que *"ninguna cosa externa tiene poder alguno en sus experiencias, excepto el que ellos mismos le dan"* ellos comenzarán a salir de las limitaciones a las que se han sometido.

Déjame decirte ahora que casi todo el poder dado a las cosas externas es concedido inconscientemente y sin que muchos estudiantes se hayan dado cuenta de ellos. Dirigirse hacia esta Gran Presencia de Dios dentro de ti y darle todo el poder para hacer las cosas que necesitas y deseas hacer, hará que éstas se manifiesten con una velocidad y una certeza mucho mayor que la de cualquier agente medicinal. Algunos aplicarán esta idea con una tenacidad tremenda, mientras que otras necesitarán más esfuerzo, pero realmente vale la pena hacerlo.

Recuerda que la *"Presencia YO SOY"* sabe todas las cosas por toda la eternidad, en todas las maneras pasadas, presentes y futuras sin límite. Si pensaras en esta Gran Presencia, contemplarías y reconocerías que ella es todo Amor, Sabiduría y Poder, entonces cuando éste fije tu atención en algo a cumplirse, sabrás que esta Presencia es la puerta abierta, es la realización todopoderosa, y que no puede fallar.

Invoca a la Ley del Perdón y dirige la energía del Yo Maestro para que corrija y ajuste el error, y así obtengas la libertad de su reacción.

Ya ves pues, que mucho poder innecesario se ha concedido a la actividad externa; se le da mucha importancia a cosas que a la *"Presencia YO SOY"* no le interesan absolutamente para nada. A ella no le interesan los errores cometidos por el Yo externo, y si el individuo pudiera comprender que le puede dar la espalda a todas las actividades discordantes, y darle a la *"Presencia Maestro YO SOY"* dentro de él toda la autoridad y el poder para disolver y disipar la condición errada, no podría nunca, de ninguna manera, sentir la reacción de sus malas acciones.

Cuando el individuo continúa criticando, condenando o juzgando a otros, no solamente está dañando a la otra persona, sino que también está permitiendo, sin saberlo, que ese mismo elemento que él está viendo en la otra persona, entre en su experiencia. La verdadera comprensión de ésto hará más fácil que el individuo detenga esta actividad indeseable, porque se dará cuenta que será en su propia protección.

Vamos a exponerlo de otra forma. Cuando la atención consciente se fija en algo, esa cualidad entra a la experiencia del individuo. Cualquier cosa que un individuo vea con profundo sentimiento dentro de otro individuo, la estará forzando dentro de su propia experiencia. Esta es la prueba indiscutible de por qué el único sentimiento deseable que debe mandar un individuo es la Presencia del Amor Divino, y por eso quiero decir: Amor Puro y Desinteresado.

Los estudiantes se preguntan algunas veces por qué tienen que manejar tantas condiciones en su experiencia, cuando se vuelven más y más sensibles. Es porque cuando ven una apariencia, que han sido enseñados que no es real, dejan que su atención se fije en ella, y no solamente la invitan sino que la fuerzan dentro de sus propios mundos y después tienen que luchar para poder liberarse de ella. Esto se puede suprimir si instantáneamente se quita la atención de la apariencia y se reconoce que *"YO SOY, YO SOY, yo sé que YO SOY, libre de esta cosa para siempre"*. No importa lo que sea.

Claro que todo esto viene por falta de autocontrol del individuo o de una renuencia a usar ese autocontrol para gobernar lo externo. Hay dos condiciones que se manifiestan claramente en los estudiantes: Una, que está lo suficientemente deseoso para hacer el esfuerzo, pero que sin saberlo, permite que su atención se fije en las cosas indeseables. El otro, a través de una calidad de testarudez, no desea hacer el esfuerzo necesario para conquistarlas.

Ningún maestro debe en ningún momento tener un pensamiento de crítica, sobre cualquier estudiante, porque si lo hace, estará invitando a esa misma crítica hacia él. Si los estudiantes captan la idea correcta de esto, lo detendrán por su propia protección.

Callarse ante la discrepancia en otro es mucho peor que la crítica hablada, porque se está permitiendo que la fuerza se acumule. Cuando alguna discrepancia llame su atención, simplemente dile a tu Presencia "YO SOY": *"La Presencia YO SOY está dentro de esa persona, y lo humano no me concierne".* No importa que sea una persona o un objeto inanimado, en el momento en que veas imperfección, estás forzando esa cualidad en tu propia experiencia. Esto es tan importante, que nunca se insistirá lo suficiente.

La primera consideración se deberá dar siempre a tu propio *"Yo Divino"*; adóralo siempre. Esto te da la oportunidad y la fuerza para elevarte a mayor altura, desde donde podrás dar ayuda a muchos mientras que ahora la das solamente a unos pocos.

Ningún servicio puede ser de beneficio permanente, a menos que el individuo acepte primero y adore a su propio *"Yo Divino, la Poderosa Presencia YO SOY".* Aquéllos que quieran servir a la Luz y realmente hacer el bien, deberán comprender esto muy claramente.

Cuando los estudiantes dicen: "Si yo tuviera dinero, podría hacer mucho bien", es exactamente la actitud contraria a la que debería tener. Si uno entra en la Presencia "YO SOY" tendrá todo el dinero que quiera y éste no podrá ser alejado de él.

Toma la posición con todo el mundo de que, *"solamente la Presencia YO SOY actúa en esa persona".*

Toda experiencia externa es solamente una disciplina. Para aquéllos que entrarán en este trabajo, el entrenamiento presente es realmente una escuela final o experiencia, y es por eso que algunos de ellos sienten que es un poco fuerte. Toda Hueste Ascendida siente con inmensa alegría el Amor y la gratitud que les es enviada, y claro está, responden casi sin límites.

"YO SOY", es todo lo que hay presente en todo sitio visible e invisible.

La consciencia necesaria llegará a ti de tiempo en tiempo a medida que continúe en el uso de esto.

No te dejes fatigar por "cosas". Solamente mantén la actitud calmada y certera de la Ascensión. Calmada, rápida y amorosamente acéptala y solamente sé (esto elimina la tensión). Nada es más poderoso que esto.

Capítulo XXI
No Cobrar por Enseñar

Oh, si todos los estudiantes pudieran comprender que no existe ni actividad, ni consciencia mayor que la práctica de la Presencia "YO SOY".

No importa cuál de los canales entre los muchos que el hombre utiliza, ni tampoco importa cuál de los ángulos de la verdad se está manifestando, todos llevan al fin a éste que ustedes tienen el privilegio de conocer y usar ahora.

Ya sabes que todo conocimiento es inútil si no se practica. Tú, que practicas la actividad "YO SOY", ya sabes y sientes la diferencia inmensa que existe entre Ella y todos los otros canales que se conocen en el planeta. Cuando el estudiante pronuncia "YO SOY" con sentimiento y conocimiento de la Verdad, está poniendo en actividad física y visible la Presencia y el Poder de Dios, que es "YO SOY", y esto es totalmente diferente a toda otra costumbre y práctica, a toda otra afirmación que jamás se haya formulado en palabras. Es decir, que no existe ninguna otra expresión que tenga el poder del "YO SOY" para cumplir cualquier propósito, siempre que sea usada con atención consciente.

Por eso fue que el Maestro Jesús la añadió a sus más importantes afirmaciones; y si los estudiantes comparan y meditan las afirmaciones que hizo el Maestro Jesús captarán la estupenda plenitud de lo que acaba de decir.

Tengo que advertirles que en *ningún momento debe ningún instructor cobrar dinero por esta enseñanza.* Los discípulos pueden dar las ofrendas amorosas que deseen, pero el pago como obligación cierra la puerta de inmediato, ya que la actividad "YO SOY" está regida por una faceta de la Ley Divina que tendré que explicarles algún día. En estos momentos no se puede, ya que por más amorosos que sean sus deseos, no te es posible entrar en la radiación del Círculo Interior. Los hermanos que están recibiendo esta enseñanza pasaron 30 años en una difícil e intensa labor de preparación para poder efectuar este trabajo. El Círculo Electrónico dentro del cual actúa esta radiación está ajustado en forma muy especial, y para poder incluir a otros seres humanos habría que reajustarlo y transformarlo. Cada persona tiene su propia radiación y acción vibratoria, y por bella que sea la radiación nueva, tomaría algunos años para adaptarla. Este mecanismo invisible, por decirlo así, aunque es poderosísimo, es también más delicado que el más tenue velo.

Otra advertencia que debo hacerte a propósito de la radiación de la actividad "YO SOY", es que bajo ninguna razón debe un estudiante o instructor adelantarle esta enseñanza a aquellos que no estén aún en esta radiación. Y no queremos que alguien sea tan desafortunado que se le ocurra pensar o decir que está autorizado para divulgar esta enseñanza cuando aún no ha recibido el permiso de comunicarla.

El instructor o el discípulo que practique la actividad "YO SOY" con sentimiento profundo y con sinceridad, no tendrá jamás que comercializar la enseñanza cobrando las clases, ya que el "YO SOY" convertirá al practicante con un imán invencible de la Opulencia Divina. Todo el que practique diciendo: *"YO SOY la Omnipresente e Ilimitada Opulencia del Padre para mi uso"*, aunque al principio no tenga plena comprensión, tarde o temprano podrá comprobar la plena verdad y el poder que encierra el tratamiento. Yo sé que para el individuo el sustento es de primera importancia, pero en la Tierra el dinero es fugaz como las arenas movedizas, hasta que se aprende a practicar la actividad "YO SOY" conscientemente, y se verá que la provisión es ilimitada. Así sea de dinero, amor, comprensión, luz o iluminación recibe la convicción que te estoy irradiando para que la uses con consciencia inamovible. Esto te dará la liberación de la estrechez monetaria.

Otro dato que yo vacilaba en darte aún, pero que vuestro empeño me ha obligado a esclarecer, es que sabiendo que la Presencia "YO SOY" —que en estos momentos estás poniendo en movimiento—, es la misma en todo individuo, en la Tierra y en todo el Universo, y que ella misma es la que te da el Poder y la Inteligencia para formular tus decretos, quiero que sepas también que esa tu aplicación consciente está actuando en todas partes igualmente. No es sólo en las circunstancias que en un momento dado te aquejan. Te mando esto con una radiación especial para que la puedas usar con toda confianza.

El estudiante tiene que hacer esfuerzos conscientes para mantener su mente en paz de manera que el Poder Interior fluya sin obstrucción y se puedan cumplir los deseos. Cuando en el colegio te daban un problema de aritmética para poderlo resolver y también la comprobación, si al principio no lograbas resolverlo, tenías que continuar hasta que saliera todo correctamente, ¿no es así? Y si encontrabas dificultades en la operación le preguntabas a la maestra. Esto es idéntico. Continúa aplicando las reglas que ya conoces hasta que se te den tus deseos o necesidades. Cuando haces una afirmación basada en el "YO SOY", no puedes fallar, siempre que tu determinación no vacile.

Un gran consuelo y un gran alivio es el siguiente: Cuando a la Presencia "YO SOY" se le pide Luz, Amor, Sabiduría, Poder o Iluminación, es imposible albergar un deseo o intento egoísta. Una cosa no va con la otra, y "YO SOY" elimina la forma negativa. Lo más importante para todo individuo es llegar a anclarse en la Magna Presencia y siempre ser fortificada por Ella ya que se está valiendo de una Inteligencia, un Amor y un Poder tan grandioso y poniéndolo en acción, y que éste actúa primero en ellos mismos.

A casi todos los estudiantes les entra un impulso de enseñar antes de haberse fortalecido mentalmente lo suficiente, y se encuentran entonces con obstáculos que no saben dominar. Se desaniman, sufren bajones y se retiran de la enseñanza defraudando la maravillosa labor que hubieran podido hacer más adelante. La Magna Presencia "YO SOY" organiza todo esto si se le invoca para ello. Se requiere enorme fortaleza para no dejarse mover. No hay nada que te pueda dar fortaleza y llevarte al éxito completo en tu actividad exterior como el uso consciente de tu Presencia "YO SOY". Ponte inflexible contra todo lo que trate de disuadirte.

Contra la interferencia di: *"Yo sé lo que hago y lo estoy haciendo. Mi YO SOY me guía y me fortalece"*. A veces tendrás que decir cosas muy fuertes para cortar la interferencia, pero no te dejes dominar por ella.

El uso de la Presencia impide que se desarrolle algo desequilibrado. ¿Por qué? Porque "YO SOY" es el Perfecto Equilibrio. Es el Poder, es la Inteligencia, es el Amor que gobierna toda Perfección. Su sola mención y actividad obliga el equilibrio. La orden "YO SOY" es la actividad de aquello que ya existe, obligándola a aparecer en el exterior. Hay varias personas, que si usaran la frase poderosa de Jesús: *"YO SOY la Resurrección y la Vida"* continuamente ascenderían sus cuerpos físicos con toda seguridad. No se pueden usar las palabras "YO SOY" seguidas de lo que uno desee, sin comunicarles el poder de manifestarse. Jesús vino por su propia voluntad a enseñarles a los discípulos la forma como él dominó al último enemigo.

Hay dos cosas que retardan el adelanto de un estudiante. Una es cuando el esposo o la esposa no están de acuerdo con los esfuerzos de su cónyuge. La otra es la sugerencia ajena. Tú tienes tu Presencia "YO SOY" que es Omni-inteligente, de manera que hazte impermeable a toda sugestión buena o mala.

Algún día consagraré una plática entera al sabio manejo de las cosas psíquicas (astrales, lunares, psiquismo, etc.). No existe una persona en 10,000 que comprenda que el despertar de la clarividencia *no* es espiritual. Cuando se comienza a ver en el plano psíquico, sólo se está usando la vista física, pero algo expandida. Eso es todo.

En el plano psíquico también se reciben sugerencias que ofrecen algo de la verdad, lo suficiente para despertar el interés del sujeto hasta que las fuerzas psíquicas (dañinas) se apoderen de él. Esto ocurre por lo fascinante del fenómeno, sólo hay que enfocar la atención en la Presencia "YO SOY" y ésta lo extrae de allí y lo ancla plenamente en el Plano Espiritual y en la Presencia "YO SOY".

Cuando las personas se mezclan con el plano psíquico, se encuentran que todo se distorsiona. No se obtiene ninguna prueba definitiva de la Verdad y se hace la confusión en la mente. Las entidades del plano psíquico comienzan a profetizar y a veces a alabar. Es lo primero que hacen. Buscan ponernos bajo su dominio. La salvación está en que nadie se le puede oponer a un Mensajero de la Luz, y todo el que trabaja en la Presencia "YO SOY" es Mensajero de la Luz: es Radiación. Aquéllos que se les oponen reciben la reacción, ya que la Luz rechaza todo lo que no es igual a ella misma.

Comienza siempre dando tu gran amor y tu adoración a tu propia Presencia "YO SOY". Luego a las Entidades de Luz que te puedan ayudar, y luego afirma tu "YO SOY" en afirmaciones como: *"YO SOY la Victoriosa Presencia en cualquier cosa que yo desee"*, *"YO SOY la Presencia en toda orden que doy, cumpliéndola, llenándola"*, etc. Ahora, no hay nada que cierre la puerta tan rápidamente como la impaciencia, la perturbación, el malestar de ánimo, el apuro en ver resultados. Ninguna creación humana, ninguna ignorancia de otras mentes, aun cuando sean dirigidas a uno personalmente, tienen poder alguno para perturbarnos. Si algo de esta clase te confunde, de inmediato dirígete a tu Presencia "YO SOY" y exige ver y saber claramente el plan a seguir y cómo debes calificar la circunstancia.

Este canal debe conservarse siempre limpio y puro. Las imágenes de los Maestros deben ser consideradas sagradas para el estudiante. Recuerda la antigua máxima: *"Saber, Osar, Hacer y Callar"*.*

---

* **Nota de Conny Mendez:** Saber es conocer la Verdad. Osar es emplear la fe. Hacer es proceder en la mejor forma que conoces. Callar es mantener silencio respecto a tus tratamientos, tus deseos y tus necesidades y con respecto a tus manifestaciones, que no se conozcan por ti. No periquees porque es vana gloria. Cuando los estudiantes comienzan a discutir y comentar frente a otros que no están afines (o que están en una escala inferior del saber) disipan la fuerza y dan mal ejemplo. El individuo que se vuelve paleta de resolver puede hacer más daño en una hora, que todo lo que te puedas imaginar.

Capítulo XXII
El Plano Psíquico

El estudiante debe comprender que lo que se llama el "plano psíquico" no tiene que ver en nada con la espiritualidad. Es únicamente una facultad humana que puede ser puesta en juego por aquellos seres humanos que le presten suficiente atención. Pero es de advertir que aquél que desee entrar al plano psíquico *sólo*, consciente o inconscientemente, es mejor que no hubiera venido a esta encarnación, pues la fascinación de los fenómenos psíquicos es tan impregnante, que todo aquél que se ancla en el plano psíquico, no se libera en esa encarnación; más bien puede que necesite varias encarnaciones para liberarse.

En todo nivel de consciencia hay un fragmento de verdad no reconocida, pues si no la hubiera, no le sería posible sostenerse (sólo la verdad es eterna; la mentira existe, es posible, pero transitoria). Debes comprender que en todas las cosas, en toda actividad hay más o menos energía divina en acción, mal usada, tal vez, pero sin embargo en acción.

El estudiante sincero no prestará atención a los fenómenos psíquicos de evidencia o audencia y debe comprender que él debe atravesar directamente, por el poder de su voluntad interior (la llama azul), y su determinación y entrar al cinturón electrónico donde se expresa únicamente la Verdad.

Amado estudiante, mientras explico lo siguiente, que es necesario, quiero que tomes la resolución de no sentir temor alguno.

Dentro del pensar y sentir del nivel psíquico actúa lo que se conoce como "la fuerza siniestra", en este mundo. Algunas veces, almas que han alcanzado espléndidos logros interiores, no comprendiendo la realidad de lo que estoy mencionando, han permitido que su atención se detenga o sea atraída a este nivel por el hecho de que se les ha despertado prematuramente una de estas facultades y por razón de que una semblanza de la verdad le ha sido presentada y suficientes fenómenos como para sostenerles la atención. Después que la atención se fija, todos encuentran que la semblanza de la verdad desaparece.

Uno de los atributos más fascinantes de este plano, es el de la falsas profecías, las cuales hacen que el individuo haga otras más audaces aún. De cuando en cuando se cumple alguna para mantener la atención más fuertemente. Junto con esto hay una substancia que es introducida en el cerebro (no puedo explicarles más ahora), lo que hace imposible que el maestro interfiera para ayudar, porque implicaría actuar contra el libre albedrío del sujeto, quien ha aceptado la situación. Hay algunos casos en los que el sujeto ha comprendido el error antes que se haga demasiado tarde, y ante su intensa llamada para ser liberado, uno de los hermanos ha sido enviado para ese fin.

Ocasionalmente hay alguien que por su gran pureza pasa a través de este plano sin conocerlo o contactarlo. Este individuo es realmente muy afortunado. Las fuerzas en este plano trabajan directamente sobre la naturaleza sensorial y sobre las pasiones del individuo porque es más fácil llegar allí. Aquellos seres que han perdido el poder controlador (dominio) de su pasión —ira o sexo— se han enredado en el estrado psíquico del pensamiento y sentimiento y han abierto así las puertas de sus bellos y maravillosos Templos de Dios.

A través de estas puertas abiertas, penetran las fuerzas del estrado psíquico intensificando sus pasiones hasta una condición incontrolable. Mejor hubiera sido que el individuo pisara una serpiente de cascabel. Una vez enredado en esta esfera psíquica, muy a menudo quedan atados por muchas encarnaciones. ¿Por qué es esto? Porque hacen grabaciones en sus mundos mentales, de las cuales no saben liberarse. Por consiguiente estas almas nacen de nuevo con iguales tendencias hasta después del segundo y tercer nacimiento. Son las criaturas depravadas que se pueden encontrar a dondequiera que uno va.

A veces la influencia es lo suficiente maliciosa para ocultarse del mundo exterior durante mucho tiempo, efectuando su obra nefasta en secreto, y aquí está la más lastimosa parte de esta situación, que aparenta ser oculta, pero que no lo está.

En los altos planos hay grandes y bellas almas que voluntariamente bajan a este plano para ayudar a través de sus radiaciones y desligar a la humanidad. Hay voluntarios masculinos y femeninos, pero la mayoría son femeninos.

Hay bellas almas encarnadas en cuerpos femeninos que se unen en matrimonio exterior con un alma masculina que se encuentra enmarañada en esa condición psíquica, para liberarlos.

Si un individuo llega al punto de casarse en boda humana y llama al Dios Interior, y le dice: "Si esta boda tiene por base un deseo pasional, que no se efectúe", gran dolor y tortura puede evitarse así.

Y ahora la verdad de todo esto. Aquéllos que por sus propios esfuerzos o por la instrucción que reciben llegan a comprender exactamente lo que significa "La Magna Presencia YO SOY", o sea el verdadero Ser de cada uno, si ellos se aferran a esta verdad nunca más podrán ser arrastrados a estas discordias mencionadas, *a menos que sea por su propia voluntad llegando a mayores planos de actividad, donde ellos saben exactamente lo que están haciendo.*

En los períodos de guerra se abre la puerta más fácilmente al plano psíquico. Por esto es que se ha observado que después de las guerras hay una mayor manifestación de pasiones incontroladas que en cualquier otro momento.

Este conocimiento no debe causarle a nadie un temor especial al estrado psíquico. Si los estudiantes se encuentran en un momento dado conscientes de estar atravesándolo, deben instantáneamente hacer consciencia: *"YO SOY la Presencia Maestra controladora y siempre victoriosa"*, e instantáneamente se encontrarán con toda la fuerza necesaria para enfrentarse a las apariencias y atravesarlas serenamente sin temor.

Jesús sugirió que esta explicación le fuera dada a todos los estudiantes en cuanto entran a la Radiación Triple, la que significa precisamente esta actuación, esta práctica de la Presencia "YO SOY", del Padre, Hijo y Espíritu Santo o la Llama Triple.

Astrología: Una de las cosas más tristes que tengo que decirte es que muchos de aquéllos que tratan de hacer horóscopos están inconscientemente ligándose a la red psíquica, se están haciendo sensitivos y voceros de las condiciones adversas, que existen sólo en el plano mencionado.

Esta es una de las actividades más lamentables, porque el ser está bien inconsciente de que se ha abierto a una creencia que lo envuelve hasta el punto de que ningún argumento ni razonamiento le cambiará sus convicciones. En los pasados 20 años (esto fue escrito en 1932), la astrología ha sido usada para este propósito más que cualquier otra cosa.

Muchas veces el pensamiento o radiación del plano psíquico dice a través de la astrología, que ciertas condiciones se manifestarán para el individuo y que no podrán ser evitadas. Si no está dicho en palabras, se hará sentir. Esta es una de la razones que hicieron ocurrir el cataclismo de Atlántida, y es porque los atlantes se negaron a escuchar la voz de los Maestros de la Sabiduría que los alertaba.

Yo comprendo, amado estudiante que si te interesan los horóscopos, puedes pensar que soy severo, pero no es así. Mi amor por ti es lo suficientemente grande para decirte la verdad pura. Si no puedes creerla, tendrás que continuar tu propio camino, ya que eres un ser con libre albedrío, el cual no tengo deseos de atacar, excepto para decirte que tengo el privilegio de señalarte el camino.

Aquellos que se atengan tenazmente a su Presencia "YO SOY", no tendrán por qué temer jamás ninguna de las cosas que les he referido, porque la Presencia "YO SOY" los corregirá, los mantendrá firmes en el sendero verdadero de la luz, remontando la escala de oro, con pasos definidos, precisos, hasta lograr su dominio pleno y perfecto.

Te aseguro, amado, que mi corazón sangra por aquéllos que están esclavizados por la Astrología, pues están tan ciegos al espinoso camino que pisan, que cuando la agonía de estas heridas sea insoportable será cuando ellos clamarán al cielo, y con todo su ser rogarán: "¡Oh, Dios, enséñame el camino verdadero!"

Amado estudiante que con tanto empeño buscas la luz, debes saber que no hay sino una Presencia que es tu invencible Protección, y esa es la Gran Presencia "YO SOY", Dios en ti.

No dejes que la atención sea distraída por estas manifestaciones exteriores, Astrología, Numerología, Espiritismo o alguna otra cosa que te quite tu atención de la Magna Presencia "YO SOY" que es tu Ser Real.

Si te vuelves a Él, en todo momento. Él te guiará en el Sendero de Luz, con esa quietud que te permitirá entrar al Gran Silencio en la Paz que sobrepasa toda comprensión y donde encontrarás la más grande de toda actividad de Dios, la Presencia "YO SOY".

Amado: No puedes servir a dos amos a la vez y ganar victorias más adelante. Como tienes libre albedrío debes elegir. Si escoges lo externo, olvidando la invencible Presencia "YO SOY" entonces, aunque mi amor te seguirá envolviendo en su gran manto de protección, tendremos que esperar hasta que tú mismo escojas regresar al Dios único.

Si escoges tu Presencia "YO SOY" y permaneces con ella, tus luchas terminarán pronto. Te encontrarás circulando en esa esfera de Paz, armonía y perfección, desde donde observarás al mundo exterior con gran compasión, pero nunca con lástima humana, que ahoga vuestro propio crecimiento.

Esto nos recuerda el antiguo dicho: "Buscad el Reino de los Cielos y todo lo externo te será dado por añadidura". Ese Reino de los Cielos es la Gran Presencia "YO

SOY", tu única realidad que es el dueño y dador de todas las cosas creadas y manifestadas.

¿No es extraño, amado discípulo, que se pueda marchar tanto tiempo en la discordia y la limitación cuando en todo momento la Presencia Maestra de la Luz, la Presencia "YO SOY", camina a nuestro lado, esperando que nos volvamos hacia Ella y recibamos sus radiantes y gloriosas bendiciones de perfección en todas nuestras manifestaciones exteriores? Tal es tu privilegio, amado.

Aunque yo lamento que algunos no sienten aún la verdadera importancia de su Presencia "YO SOY", y que todavía buscan las cosas externas, yo continúo esperando, envolviéndolos en mi amor, porque ellos tienen libre albedrío. Tal vez yo sea un poco anticuado, pero cuando veo individuos tan buenos y tan correctos, quisiera mantenerlos abrazados a mí, hasta que sientan la Presencia "YO SOY" en ellos. Pero esto no me es permitido, pues sé muy bien que todo el que siente el deseo de asirse a lo externo, debe hacerlo hasta que ya no sienta más el deseo.

Los estudiantes tienen que comprender que no pueden dividir la atención entre lo externo y la Presencia "YO SOY", porque ello es "la casa dividida contra ella misma" y que tiene que caer, tarde o temprano.

Toda grandeza depende de la Presencia "YO SOY". En Ella está toda la fuerza, el valor y el poder. Ella debe ser el gobierno de la forma. Si estos benditos pudieran tan sólo realizar qué gran privilegio está a su alcance, en poquísimo tiempo estarán librados de toda limitación.

La Verdad de este dictado:

La situación es la siguiente: Cuando los estudiantes preguntan si a ellos les es permitido presenciar estas comunicaciones, tienen el derecho de saber lo que implica este tipo de trabajo. Es muy poco usual, debes saberlo.

Mientras el estudiante no sabe que el Dios Único está viviendo en su interior, que es, siempre ha sido, y siempre será perfecto, su mente y su cuerpo están en un estado de desajuste. La estructura atómica es un instrumento mecánico cuyas innumerables partes deben engranar las unas con las otras. Los estudiantes no comprenden que cuando una labor específica tiene que ser hecha, tiene que haber una preparación definida.

El ajuste necesario del cuerpo y el cerebro del estudiante toma semanas, meses o años, dependiendo de las necesidades del individuo.

Jamás en la historia de la preparación del estudiante se le ha permitido entrar al círculo electrónico interior del Maestro. A los estudiantes se les enseña la aplicación, pero nunca se acercan al círculo electrónico del Maestro.

Treinta años han sido necesarios para preparar el círculo electrónico para este trabajo de dictado. No importa cuán bella sea la radiación y el amor del individuo, nosotros no tenemos el tiempo con qué prepararlo y ajustar la estructura atómica del cerebro y el cuerpo de los estudiantes·en este período de crisis mundial. Sin embargo, con su sincera determinación y el uso de la Presencia "YO SOY", se preparan para la Presencia de la Hueste Ascendida.

Por ejemplo, supongamos que hay una persona que está dotada por su naturaleza del talento para las conferencias públicas; si es que lo van a asistir los Maestros Ascendidos, el conferencista es preparado durante 20 minutos, media hora antes, encerrado en un tubo de luz en el cual no entra nada sino la radiación de Maestro inspirador.

Capítulo **XXIII**
Preparación de la Pascua

(Por el Ascendido Maestro Jesús)

Cuando yo actuaba en Judea, hablaba con la autoridad de la Presencia "YO SOY", reconociéndola como el único Poder e Inteligencia actuando o que pudiera actuar. Yo estaba consciente de la actividad exterior de las mentes en la humanidad que me rodeaba, pero como ya les he dicho, fue sólo cuando comencé a usar la afirmación: *"YO SOY la Resurrección y la Vida"* que se me reveló completamente la plenitud de mi misión y la forma de cumplirla. Dentro de ti está esa misma Presencia "YO SOY" que yo usé para perfeccionar lo que a la humanidad en ese momento le parecían milagros. Este es el punto que quiero afincar hoy en ti. Te aseguro que yo no estaba sino haciendo actuar las Leyes Cósmicas que siempre te rodean y que esperan ser puestas en actividad por medio de tu dirección consciente.

El error que cometen los estudiantes y que retarda su adelanto, es el sentir que están representando una falsedad al declarar una perfección que ellos no ven aún manifestada en su apariencia o actividad. Les digo sinceramente de acuerdo con mi propia experiencia, que *tenemos que admitir la única Presencia, Inteligencia y Poder y luego apropiárnosla, reclamándola como nuestra en cada Pensamiento y Actividad.*

Es la única forma en que esta Magna Perfección puede ser incorporada en la plenitud de nuestro uso y hasta en nuestra apariencia exterior. El hecho de que esa perfección aparentemente no se haya manifestado, no te debe impedir aplicarla y reclamarla como tuya, ya que cualquiera que tenga mediana inteligencia puede darse cuenta de que la energía y el principio vital que está usando, es Dios, la Magna Presencia "YO SOY"; por consiguiente esa Presencia, su Poder y Energía, está siempre autosostenida.

Al reclamar esta Gran Presencia y su Actividad, estás impulsándola conscientemente en tu vida, tu casa, tu mundo y tus asuntos. Hoy, así como también en el tiempo de mi Ministerio, la lucha económica aparenta ser el peso más grande y, sin embargo, allí, al alcance de tu maniobra consciente y la dirección de la gran energía, substancia y opulencia que te rodea, tienes todo lo que es necesario para atraer esa maravillosa y siempre presente opulencia de Dios.

Cuando tú dices: "YO SOY", estás incitando a la acción aquello que llena tus órdenes conscientes. Una de las primeras cosas que se aclararon en mi consciencia, fue el poder natural mío y de todos de calificar la energía, de dirigirla conscientemente a que produjera cualquier cosa que la necesidad ordene; todo esto tiene que ser reclamado, ordenado con el esfuerzo determinado y consciente, que sabe que en esta orden consciente *está la Presencia*

"YO SOY" hablando y actuando. Por lo tanto, ella tiene todo poder y autoridad para revestir la orden con lo que ella ordene.

En la consciencia de que tú eres la Presencia "YO SOY" actuando siempre *ya no puedes saber que tú eres, en el propio momento de reconocimiento un invencible imán de atracción* que obliga a cada actividad en el Universo a acudir a ti para cumplir la orden. La única razón que hace no aparentar ser verdad esto, es que en alguna parte de tu consciencia hay una sensación de incertidumbre acerca de tu habilidad o de tu autoridad, o bien del poder de actuar de la Presencia; pero yo te aseguro que es un placer revelarte estas sencillas leyes que sin embargo, son grandes e invencibles en su actividad y que te darán el dominio y la libertad por encima de todas estas cosas que parecen montañas de obstrucción en tu sendero. A medida que continúes aceptando y usando estas leyes, te encontrarás logrando dominio sobre los Cuatro Elementos; Tierra, Aire, Fuego y Agua.

Cuanto tú te hayas hecho consciente de *"La Llama de tu Divinidad"* estarás actuando desde el más alto de los cuatro elementos, el Fuego, que es la verdadera actividad del Espíritu.

Así como la actividad consciente es con respecto a la inconsciente, así es el uso consciente de la Llama con respecto al conocimiento de la Luz. El elemento natural de tu Alma es la Llama. Cuando se hace consciencia de que se tiene, se puede usar, dirigir esta Llama Consumidora, se ha entrado al Magno Poder.

Cuando se hace consciencia de que ya se dominan los cuatro elementos, *no se tiene sino que practicar el uso para que venga la consciencia de que se puede dirigir el rayo, dominar la tempestad, controlar las aguas y caminar dentro del fuego sin recibir daño alguno.* ¿Cómo quieres tú que se pueda usar algo antes de haberlo reconocido y sin saber que se tiene la habilidad de hacerlo tu servidor?

Por la práctica de su uso, uno se convierte absolutamente invencible en su dirección. Yo deseo enfáticamente aclararte que se te están dando exactamente las leyes que Yo usé y que todos aquellos que llegan al estado ascendido tienen que usarlas.

Todo es cuestión de uso, una vez que tú conoces estas leyes y que la Presencia "YO SOY", que eres tú, tiene toda Inteligencia, Poder y Autoridad para dirigir conscientemente la energía a través de la actividad de tu mente. Luego, no temas usarla para curar, prosperar, bendecir e iluminar a tu prójimo.

Borra de tu mente para siempre que pueda existir algún egoísmo en tu reconocimiento consciente de que la Presencia "YO SOY" te dirige o te está dirigiendo. No importa lo que tú necesites para tu éxito, si te hace más hábil y te da mayor poder para bendecir. Luego ¿no ves tú que o puede existir egoísmo en el deseo de lograr mayor habilidad y perfección? Y aquello de que algún individuo tenga que esperar que otro se adelante para ayudarnos es un gran error. Es verdad que nadie puede crecer por otro, pero sí puede ayudarlo inmensamente a reconocer con intensidad diciendo: *"YO SOY la única Presencia, Inteligencia, actuando dentro de aquel individuo"* y esto puede ser seguido por cualquier condición que la persona aparente necesitar.

El primer deber de todo individuo es el de amar y adorar a la única y magna Presencia "YO SOY" que está presente en todas partes.

Tú no ves cómo en esto hay un privilegio gozoso de amar a tu enemigo al decir tú: *"YO SOY la única Presencia* y *Actividad actuando allí*", porque si la ignorancia de su mente exterior ha creado desorden, dolor y limitación y tú sabes que esa creación no tiene poder propio, no hay sino la creencia errónea del individuo que la sostenga, por consiguiente no tiene poder autosostenedor. Si has tenido la desgracia de crear inarmonía, desorden, limitación, ¿no ves tú que tú solo, a través del poder de la Presencia "YO SOY", la Llama Consumidora, llamando conscientemente a la Ley del Perdón, puedes consumir por medio de esa Llama Vital que eres tú, todo lo que has creado erróneamente en tu mundo?

Esto te debe aclarar cómo es que tú puedes limpiar tu mundo del desorden y las creaciones erróneas. Tú, en forma de Sol, la Luz de la Vida Eterna, juventud, belleza y opulencia sosteniendo en tu mano para uso instantáneo, el Cetro del Poder de la Presencia "YO SOY" que eres tú mismo.

Cuando quieras hablar con autoridad silenciosamente a otro ser, di su nombre y encontrarás que la ayuda, la energía que le envías será mucho más fácilmente recibida. Es como llamarle la atención a alguien a quien quieres hablar. Luego le das el mensaje. Es la forma de enviar energía. Puedes así hablar a otro del otro lado de la Tierra, como si estuviera en el mismo cuarto contigo.

Pero si alguien pretende usar este conocimiento para dañar a otro, se encontrará que el bólido electrónico traspasará su propio cuerpo con la intención que envió.

No vaciles, amado hijo. Usa este cetro de tu poder y dominio para sanar, bendecir, prosperar e iluminar, y verás todas las cosas humanas acudiendo a cumplir tu más mínimo mandato.

Capítulo **XXIV**
El Elemento Fuego

A medida que la consciencia de los estudiantes es elevada a la actividad del Elemento Fuego, todo en sus Seres comienza a actuar con una intensidad que ellos no comprenden y, mientras más trabajen en este Elemento Fuego, más necesario será mantenerse en guardia alerta.

El entrenamiento que tratamos de darte para bendecir, proteger e iluminar a los estudiantes, es el entrenarse uno mismo a estar en guardia en todo momento y aunque todos deben comprender y esforzarse en usar la Presencia "YO SOY" para mantener el autocontrol, hay que aprender a permanecer sereno si algo inesperado pasa.

Usa esta afirmación frecuentemente: *"YO SOY la Presencia en guardia"*.

Si algo inesperado sucede, di solamente: "Despediremos esto", y sigue en esa alegre felicidad. Trata de no tener sentimiento, pero sabe: *"YO SOY la Poderosa Presencia gobernando la actividad de cada uno"*.

Dondequiera que hay un Centro de Luz de la Intensidad de este foco, está siempre el elemento que tratará de entrar a través de alguien. Si estás trabajando en la casa, sigue usando: *"YO SOY la Presencia que nada puede perturbar"*. Mantente siempre con una actitud calmada y alegre, pase lo que pase.

Para alguien a quien desees ayudar, di: *"Mira compañero, a través de la Presencia YO SOY, te doy el poder de controlar esto"*.

El gran Amor y la Armonía dentro de los corazones de los estudiantes mantenidos durante un período de tiempo suficiente, hace casi cualquier cosa posible. ¿Sientes la gran ola de paz y alegría que vino como la brisa de una mañana de primavera? Yo te lo explicaré para que veas cuán ilimitado y maravilloso es ese cuidado amoroso.

El Gran Maestro que Jesús contactó, el cual lo ayudó a ganar la Victoria, es Él mismo que fue mi Maestro, y fue Su Radiación la que nos llegó ahora. Él desea que Yo te diga que "a medida que avances en el camino de la Luz, encontrarás que la manera más fácil de saltar un inconveniente es la de darle la espalda a la cosa y olvidarse de ella". Ya tendrás el nombre de este Maestro más tarde.

Para las actividades erradas di: "Esto no es correcto" y después rápidamente pásalo. Esto elimina el disturbio que crece.

A medida que nos acercamos a la Luz, somos una gran familia. Sabiendo que solamente hay "Una Gran Presencia YO SOY" en todas partes, tú siendo la individualización de Eso, solamente puede haber una gran familia, Hijos de Dios Único.

Primeramente ten esto bien entendido: Si un individuo valioso es muy criticón, di con certeza bien definida: "No hay nadie que desea inmiscuirse en tu libre albedrío. No

nos molesta el cuestionamiento sincero, pero no tolera-
mos la crítica ni las discusiones".

El Mensajero debe negarse a aceptar las cosas discordantes emanando el Elemento Amor para que aquéllas
sean consumidas. El Mensajero debe estar fortificado,
porque si no, el trabajo quedará a medio hacer. Ninguna
clase o trabajo del Mensajero puede ser sostenido, si él
permite que un argumento o un sentimiento discordante
sea generado.

Es muy difícil que el individuo común comprenda que
la manera más fácil de impedir cualquier clase de disturbio sea *la de cesar la discusión sobre ese punto.*

Lo único que necesita atención es lo que está en tu Aura. Lo que está archivado en tu Atmósfera solamente puede salir a través de tu sentimiento. La palabra hablada, a
menos que tenga un sentido de condenación o de furia
tras ella, no grabará la inarmonía en tu Atmósfera Interna.

De las dos condiciones indeseables siguientes, es mucho mejor que uno explote y saque la cosa de su mente,
que guardarse dentro del resentimiento o rencor de haber
sido herido, pues eso es lo que se registra en tu Atmósfera
Interna. Desde mi punto de vista, yo veo lo que está regis-
trado en tus sentimientos y por lo tanto en tu Atmósfera
Interna.

Tú sabes cómo se forma un avispero; pues bien, déjame decirte que en tu mundo mental pasa exactamente lo
mismo que cuando un avispero se manifiesta en el mundo físico.

Es muy importante que hagas algo para que no alber-
gues un sentimiento contra personas, sitios, cosas o condiciones, porque éstas se amontonan y se graban en tu
Atmósfera Interna.

210 El Libro de Oro de Saint Germain

Si te advienen un deseo como "yo desearía que fulanito hiciese tal cosa" transmútalo inmediatamente y di: *"Solamente Dios en Acción está allí.*

Cuando un sentimiento se registra en tu Atmósfera, se ancla allí hasta que lo disuelvas o lo consumas. Es siempre el sentimiento el que hace el Archivo Interno.

No tiene ningún objeto el consumir una cosa, si no rompes con el hábito de generar la Causa. Uno puede conquistar esto fácilmente diciendo: *"YO SOY gobernando aquí".* No dejes que tus pensamientos corran desenfrenados.

Muchas veces los individuos son asociados o reunidos con el único objeto de obligarlos a corregir estas actividades sutiles a las cuales la mayoría de las personas no ponen atención. Esto consiste solamente en aquietar lo externo para que la Verdad sea recibida. Esto es vital en la autocorrección del individuo.

A medida que te eleves en consciencia, la energía está esperando la expresión como avalancha, y si la energía no es controlada, se precipitará velozmente y causará que hagas cosas que nunca hubieras hecho por nada en el mundo. Cualquier energía que se te da para tu uso es para que la sueltes en el mundo externo armoniosamente. Tal es la Ley de tu Ser: La Ley Natural.

Si uno no comprende que tiene que gobernar la energía que fluye a través suyo, esa energía será calificada por esa discordia y, se debe transmutar inmediatamente calificándola de nuevo con Amor. En mi experiencia, si yo encontraba un elemento discordante decía simplemente: "¡Ajá! Yo cierro mi puerta, tú te quedas afuera".

La energía Universal que fluye a través de ti tiene una naturaleza armoniosa. Cierra la puerta y piensa qué es lo que importa.

La humanidad hace resistencia a las personas, sitios, condiciones y cosas porque no se ha perfeccionado. Los estudiantes deben mantener esta armonía autogobernada dentro de ellos el tiempo suficiente para que se cree un empuje que vendría a ser el guardián permanente.

Si mantienes armonía dentro de Ti, yo te digo que tú atraerás todas las cosas buenas hacia Ti mismo. *El indicador que no falla es que, en el momento en que exprese alguna clase de discordia, debes darte cuenta de que eres el único a culpar.* No necesitas llevarlo escrito para recordarlo.

En el momento que hay algo discordante, el indicador nos da la señal de alerta para que nos pongamos a trabajar en nosotros. Cada individuo es su propio guardián e indicador en todo momento.

Existe un solo Poder en el mundo que puede corregir cualquier cosa, y esa es la Presencia "YO SOY" en cada uno. Si nos negamos a reconocer que nosotros somos los creadores de nuestras dificultades, ¿cómo entonces podremos corregirlas o liberarnos de ellas?

No hay persona, sitio, cosa o condición alguna que garantice que nunca seremos perturbados con nuestra Presencia "YO SOY" siempre presente, pulsando nuestros corazones cada momento.

Si uno corrige esos sentimientos discordantes, dejará que la "Gran Presencia YO SOY" inunde su mundo con toda perfección. Si el individuo no se corrige ¿cómo podrá alcanzar la Victoria Eterna?

La Presencia "YO SOY" es todo el Poder del Universo para hacer esa corrección. Deja que la Presencia "YO SOY" fluya, hasta que lave todo y quedes limpio.

Cuando tu atención se fija firmemente en la Presencia "YO SOY" que eres, es como si tu cuerpo fuera una esponja muy fina a través de la cual esta Energía Pura se derrama y lo limpia de toda imperfección.

Si nosotros detenemos la discordia, el "arroyo de la Presencia YO SOY" automáticamente limpia toda las impurezas. Por lo tanto, tú tienes un poder ilimitado en tus manos para intensificar las órdenes correctas.

Hasta desde el punto de vista científico, sabiendo que las células del cuerpo son renovadas en menos de un año, si se cortara la discordia por igual lapso, la mente y la forma expresarían Juventud Eterna y Perfección.

Acaso por un sentido de falso orgullo o algo semejante, la humanidad no quiere enfrentarse a la Verdad de que *la Causa está dentro de ella misma.*

El hábito de culpar a otros por lo que nos pasa a nosotros, es lo que nos ciega para ver la Verdad y prevenir la autocorrección.

Una maravillosa ilustración de esto se manifiesta en la bella infancia. Hasta que el niño no es lo suficientemente grande para empezar a acumular la discordia, su cuerpo es bello y expresa la Perfección. Esta Perfección de forma se mantendrá siempre, si no entra en la consciencia del niño la discordia del mundo exterior. Hay algunos que me dirían: ¿Y qué pasa con el niño que nace enfermo y perturbado? En la mayoría de los casos esa condición es traída de la encarnación precedente, o en caso raro, cuando hay una discordia muy intensa entre los padres, ésta puede ser lo suficientemente fuerte para registrarse en el niño. Pero ustedes notarán que en esa clase de casos, a medida que el niño empieza a crecer y desarrollarse el disturbio se notará cada vez menos. Esa es la prueba absoluta de que la discordia no fue su propia creación, sino que fue impuesta en él por los padres, porque su alma era lo suficientemente fuerte para elevarse por encima de ella.

En este punto en particular, uno debe comprender las condiciones asombrosas de sugestión que rodean a los individuos. Por ejemplo, tomemos el ambiente y la asociación de individuos que tienen el hábito de andar juntos. En esa asociación amistosa, cada uno es susceptible a la sugerencia del otro; si ésta es discordante, las asociaciones se romperán tarde o temprano por una gran pelea. Sin embargo, la mayoría de los individuos que se mueven en el mundo externo, no se dan cuenta de que están siendo sugestionados, ya sea por asociación, ambiente o condiciones expuestas ante ellos.

La actitud correcta del estudiante que conoce la Presencia "YO SOY", es la de adoptar inmediatamente la posición firme de que: *"YO SOY protegido invenciblemente contra toda sugestión imperfecta"*. Así puede construir alrededor suyo una atmósfera que ahuyentará todas las sugestiones que quieran introducirse provenientes de un elemento destructivo.

Yo pienso que es necesario llamar tu atención hacia tus viejos libros que decían: "Si de primera vez no triunfas, inténtalo, inténtalo de nuevo". No hay ninguna manera de ganar la Victoria y el Dominio sobre la limitación, excepto la de mantenerse batallando hasta que lo logras. Si dudas de tu logro, estarás posponiendo tu victoria durante ese mismo tiempo.

Aquellos estudiantes que realmente empiecen a comprender que en el reconocimiento y uso de su Presencia "YO SOY" tienen el Poder Universal a sus órdenes, sabrán que es imposible que fallen en su aplicación. Mientras más lo uses, más obtendrás de su Poder sostenedor.

Cada vez que sientas una manifestación del Cristo, di: *"Yo te alabo y acepto la Luz de la Presencia, la Actividad del YO SOY completa"*. Toma esta actitud siempre, y después cierra la puerta a cualquiera creación discordante e indeseable de aquello que ya ha pasado.

Siempre recuerda que tú eres el amo de lo que venga a tu mundo del pensamiento, y a menos que te des cuenta que tú eres el amo serás susceptible a toda clase de pensamientos y sentimientos.

Para otros, sabe que *"YO SOY la Presencia llevando* (fulano) *al logro de* (x condición)". Si ponemos atención a una condición de disturbio, le estamos dando poder a otra cosa que no es la Presencia "YO SOY".

Capítulo XXV
Día de Navidad

Este día, como representación del Nacimiento de la Actividad Crística en los seres humanos, siempre nos parece bellísimo por la consciencia que transmite a la humanidad y a los estudiantes que se han dado cuenta de lo que el uso de la Presencia "YO SOY" significa para ellos al poner en movimiento el Amor y la Inteligencia a sus órdenes, de acuerdo con el uso que le quieran dar a ese Poder Ilimitado.

Te has preguntado, tú como muchos otros, cómo se alcanza la consciencia Crística. El primer paso poderoso radica en el reconocimiento de la Gran Presencia "YO SOY", Dios viviente dentro de ti. El segundo paso está en el uso de la Presencia "YO SOY" porque cuando dices: "YO SOY", con el conocimiento de lo que esto quiere decir, habrás entrado en ese mismo momento en la Consciencia Crística, sin que esto signifique que inmediatamente expresarás la plenitud de la Consciencia Crística, porque primero deberás saber hacia dónde vas, y lo que deseas hacer antes de que lo puedas realizar.

Todos los que han ascendido han seguido el mismo camino, y usado idénticamente la misma aplicación, porque todos los caminos llevan al Gran Sol Central, a la Divinidad.

Nuestro Amado Hermano Jesús, llevó a cabo una de las más grandes bendiciones para la humanidad, no solamente dándonos el ejemplo desde su nacimiento y alcanzando la Ascensión, sino también dejando el Registro Eterno que permanece radiante, dándose Él mismo hacia la humanidad. Los que no han ascendido se dan poca cuenta de lo que esto significa para la humanidad: un Faro Eterno que los guía hacia la Luz, y con el ejemplo de la Ascensión, Jesús estableció definitivamente no sólo lo que podía hacerse, sino lo que se hará eventualmente.

Grandes fueron las maravillas que él hizo y, sin embargo, Él nos hizo la promesa maravillosa de que: "Cosas más grandes que éstas aún podéis realizar vosotros". Muchas veces los estudiantes se preguntan qué cosas más grandes de las que hizo Jesús pueden hacerse, pero Él nos dice que solamente hizo unos pocos de los tantos servicios universales que se les puede dar a nuestros hermanos humanos.

Para nosotros, este día siempre simboliza el comienzo consciente del más maravilloso de todos los logros, la Ascensión. En el momento que el individuo se hace consciente de esta verdad, el proceso de su propia Ascensión ha comenzado y tomará más o menos tiempo de acuerdo con la plenitud de su capacitación en esta Verdad.

Mi experiencia personal fue que cuando yo me di cuenta de lo que esto significaba y empecé el uso de la Presencia "YO SOY", encontré después de corto lapso, que estaba fuera del tiempo y del espacio, y que cada día que pasaba, a medida que penetraba más en esta expansión de consciencia, me di cuenta que todas las cosas que deseaba estaban dentro de mi alcance, y nótese bien, justo dentro de mi poder individual gobernante; y con esto vino la consciencia de que *"el Amor Divino es la Poderosa Fuerza cohesiva"* que mantiene todas las cosas juntas y en su sitio, que este Amor Divino dentro de mí, el cual había empezado a aprender, me hacía un imán invencible que atraía todo lo que pudiera desear.

Esta simple verdad tan poderosa es una de las que llegan primero al estudiante y hace que uno comprenda que verdaderamente puede salir por encima de todas las limitaciones aparentes alrededor nuestro y, después, se da cuenta de que una por una han desaparecido de hecho.

Después viene el Gran Empuje y la Provisión Abundante de este Poderoso Yo Interno, que contiene la substancia de todo lo que el corazón puede desear dentro de Su Propio Abrazo, y nota bien que tu habilidad y autoridad de calificar y moldear esta substancia es lo que hace que ésta tome la forma de lo que necesites, sea esto paz, amor, oro o iluminación.

Yo te digo, amado estudiante: "Despierta a tu autoridad, a tu derecho, a tu habilidad consciente, a aplicar esta Gran Ley a tu perfecta salud, juventud eterna y belleza, las riquezas de Dios, la glorificación de tu mente y cuerpo, y después a ascender al Dominio Elevado, hacia tu Eterna Libertad".

Después que empieces a encontrar, paso a paso, que lo estás logrando, irás olvidando toda esa condición externa que surge alrededor tuyo y gozarás el sentimiento glorioso de estar sujeto en el Gran Abrazo de esa Poderosa Presencia-Maestro Interno, que está por encima del Tiempo y del Espacio.

Tú eres el amo y tienes dominio sobre tu vida y sobre tu mundo, en el momento en que reconozcas que esa

Energía. Poder e Inteligencia que estás usando, es la *Poderosa Presencia "YO SOY"*. ¡Qué afortunadas son esas individualizaciones sobre la Tierra cuando se dan verdadera cuenta de esta Verdad!

Jesús dijo: "Conoced la Verdad y Ella os hará libres". Esta es una de las palabras más poderosas de esa Verdad. Aplicada ¡oh amado mío!, con toda determinación, dejando fuera de tu mente toda incertidumbre y subirás firmemente esa escalera del logro magnífico; y cuando te des vuelta y contemples cada escalón ganado, más y más brillará ese maravilloso resplandor y entonces te preguntarás: "¿Cómo pude haber estado tanto tiempo en las tinieblas, cuando sobre mí estaba la *Poderosa Llama de la Vida*, lista para consumir instantáneamente toda mi creación desafortunada e ignorante?

Yo te digo, amado mío, que no tienes que esperar indefinidamente estando en el conocimiento de esta Poderosa Presencia. Pon tus brazos alrededor de Ella con todas las limitaciones aparentes, vistiéndote en ese inconsútil ropaje de cristal, esplendoroso, con esa luz radiante y sostenido con un cinturón de piedras preciosas, que tienes derecho a lucir, y en tu mano ese Cetro Esplendoroso del Dominio, el Reflector de tu Poderosa Alma, el cual puedes dirigir sobre cualquier cosa, sitio o cumbre y atraer hacia ti la revelación desde su interior. Ese, amado hermano y hermana, es el cuadro del logro que nosotros hemos usado y alcanzado. Sabemos que eso es lo que puedes hacer, porque nosotros lo hemos hecho.

Nunca te canses de la consciencia de que: *"YO SOY la Presencia ascendida"* y cuando tú digas esto, sabe: *"Es la fuerza autosostenida que emana, por medio de la cual puedo alcanzar el dominio completo".*

Me hace muy feliz el estar de vuelta al hogar otra vez, por la alegría de tu corazón, al ver todos los peldaños de la escalera que ya has dejado atrás, y porque ya tienes la consciencia plena de que puedes alcanzar el más Grande de todos los regalos de Dios, la Plenitud de Él.

HABLA CHA ARA

Es con mucha alegría que yo te voy a decir también unas pocas palabras por el Rayo de Luz y Sonido, para responder en persona las muchas llamadas de los corazones de Cha Ara.

He reído mucho, a carcajadas durante mis visitas a los estudiantes, que tienen tanto deseo de que me les haga visible, cuando todavía algunos de ellos, al más mínimo movimiento no usual, retienen el aliento por miedo a que yo actúe. Es jocoso observar que a pesar de que la actividad externa del yo, desea tanto algo, al mismo tiempo experimenta toda clase de sensaciones espeluznantes. Pero, amado mío, yo te digo esto: "No puedo aparecerme tan horroroso como ustedes piensan, así que por lo menos confíen en que tendré una forma o apariencia agradable y al mismo tiempo, para beneficio de las amadas hermanas, haré todo lo posible por traer conmigo un ramo de rosas".

Pregunta: ¿De Cachemira?
Respuesta: "Eso sería muy apropiado".
Pregunta: ¿Por qué no de su propia fabricación?
Respuesta: "Eres avispado. Yo no necesito comprarlas como tú, porque tengo el privilegio de elaborar las mías".

Mi Palabra a ti es para encomendarte y presionarte a que continúes siendo esa Maravillosa, Gloriosa Presencia de Amor y buena Voluntad, no solamente para con nosotros, sino también para contigo mismo, ya que forma una maravillosa condición en donde la expansión de la consciencia avanza en saltos y brincos gigantescos.

Te recomiendo que tengas el sentimiento de certeza al aceptar nuestra "Presencia" y la consciencia de la habilidad para aplicar la Ley de la Presencia "YO SOY", dentro de ti mismo, porque está aumentando con gran velocidad.

No te desanimes en tu llamado para nuestra apariencia visible. Nuestro oído funciona perfectamente bien, te lo aseguro y hay en la llamada algo que necesitas. En la llamada para la manifestación de una cosa hay una cierta acción vibratoria que el estudiante necesita, que no puede ser explicada, excepto cuando se ve desde la Acción Interna.

AMÉRICA

¡Oh las Américas! ¡Preciosa joya en la corona, la diadema de la Tierra, esa Flor de Sabiduría Antigua y Luz! Otra vez volverá al poder de tu florecimiento pleno a pesar de todas las obstrucciones aparentes y de las apariencias presentes que digan lo contrario.

"Dentro de tu alma, ¡oh poderosa América!, está el poder de liberarte de la careta que se ha adherido a ti, la careta de egoísmo y de la creación de la actividad externa de la mente de seres humanos dormidos. Así, volverás a la plenitud de la Luz que es tuya por derecho de nacimiento".

Amado estudiante de esta radiación; no importa cuál sea la apariencia en la actividad externa, no permitas que esa apariencia se encuentre en tu consciencia o en las sugestiones de otros en lo concerniente a América.

Mantente sereno en tu Dominio dado por Dios, sabiendo la Verdad, viendo a América libre, gobernada por el Amor Divino y la Justicia.

La red de fuerza siniestra de la Tierra que aparentemente ha envuelto a América encontrará todavía la "Espada de la Verdad y de la Luz" que rasgará esa red en todo sentido, haciendo de ella una Cruz de Libertad, de Luz y Justicia que no tendrá fin.

La cosa de más valor que un individuo puede hacer en su vida por las cosas a las cuales no puede prestar ayuda, es la de cerrar sus ojos a la apariencia de éstas, reconocer y poner en acción el Poderoso Poder de la Presencia "YO SOY".

¿No ves, amado estudiante, que es muy tonto seguir aceptando la apariencia, a través de la sugestión o de otra manera, de que tú no quieres nada, sea en lo nacional, estatal o personal que no tenga la apariencia de Perfección, sabiendo que tienes tan extraordinario privilegio de poner en actividad la Poderosa Presencia "YO SOY" para corregirla?

El hábito de la humanidad ha sido siempre ver la imperfección donde nosotros vemos perfección. Ahora en el reconocimiento de la Poderosa Presencia "YO SOY" acepta plenamente su perfección cada hora del día. Esto no quiere decir que trabajes en esto sin interrupción, pero puedes, por lo menos una vez cada hora del estado de vigilia, afirmar: *"Yo acepto la actividad plena de mi Poderosa Presencia YO SOY"*.

Cada vez que afirmes esto, estarás aumentándola poderosamente en la actividad exterior, porque ya la usas, y entonces, ¿por qué no reconocer todo el tiempo quién y qué es lo que estás usando, dándole así el dominio que Ella desea manifestarte?

De esta manera podrás poner en movimiento este poder invencible para la libertad, protección y bendición de las Américas. Todavía no puedes ni soñar la poderosa potencia y el poder de ajuste que ésta puede causar cuando es puesta conscientemente en movimiento por una o más personas que reconocen Su Poder Invencible Universal.

Ahora déjame sugerirte que en vez de escuchar las lamentaciones constantes de toda clase de actividades destructivas, sabe tú que la Presencia "YO SOY" las consume, y recalifica toda esta energía con Libertad, Protección y Perfección para las Américas y el mundo entero.

Como estímulo deseo decirte, que todos esos seres hermanos que empezaron la causa de esta condición presente, no podían entrever que todo esto iba a salirse de su control, y a través de esto, muchos de ellos han perdido la habilidad externa de seguirlas alimentando. Así que, aquéllos que están tratando de atraer la prosperidad otra vez por el uso ilimitado de certeza, encontrarán que las cosas se saldrán de su control, y en vez de una prosperidad temporal, las cosas pasarán rápidamente a la prosperidad verdadera.

Ahora, como en todo tiempo de casos aparentes, la paz vendrá a la Tierra, la buena voluntad al hombre, y la Luz del Cristo que se expande en los corazones de los individuos, que penetra en la Tierra, atraerá a sí mismo lo propio.

Para tu beneficio, amado estudiante, yo te pido que no discutas las cosas discordantes más de lo que es necesario para comprender una situación. Después dales la espalda completamente y nunca permitas que atraigan tu atención otra vez, porque yo te aseguro que con lo que juegas en tu consciencia, encontrarás expresión en tu vida y mundo. Así que llénala con la Gran Presencia "YO SOY" que contiene la Poderosa realización de cada uno de tus deseos.

Contempla esa Perfección, la Perfección Plena de Su Actividad, por doquier en tu Vida y Mundo. No te dejes perturbar por la creación de otro que tú no puedes ayudar de ninguna manera, excepto viendo la Perfección, sabiendo que detrás de toda sombra aparente está la Esplendorosa Luz Blanca de la Presencia "YO SOY".

Esto, amado mío, es el saludo que te dejo para esta estación del año. Para cerrar, mi madre y otros de la Hueste Ascendida, algunos que tú no conoces, pero que te conocen a ti, te mandan sus saludos de Amor, Paz, Opulencia y Fuerza, a fin de bendecirte en el camino de la victoria final.

Deseo decirte unas cuantas palabras a modo de conclusión, y es que les exijas a los estudiantes que reconozcan que cuando ellos dicen: "YO SOY", para realizar cualquier cosa que deseen, no están solamente poniendo en movimiento la Gran Presencia "YO SOY" en acción para cumplir este mandato, sino que tienen que sentir profundamente que Ella contiene dentro de Sí el Poder Autosostenido, Autoemanado y Autoexpandido.

Repetir es bueno, y muchas veces es necesario para producir una convicción más profunda en el presente avance de los estudiantes, pues ellos deben hacerse más conscientes del poder innato, inherente, autosostenido de ésta. Esto daría a la consciencia externa una comprensión más amplia del poder sostenido, para que así, aunque la actividad exterior esté ocupada en otros quehaceres, ésta mande la descarga hacia cualquier realización una vez cada hora sin interferir en nada con el trabajo del estudiante.

Es un error muy grande el del estudiante que deja registrar en su mente la idea absurda que no tiene tiempo para esas cosas, cuando solamente toma un momento realizar poderosamente la Actividad Potente e Invencible de su Presencia "YO SOY" para cualquier cosa en la cual su atención necesite ser usada.

Empero, esta afirmación puede ser de gran ayuda: *"YO SOY la Poderosa Presencia ordenando el Tiempo, todo el Tiempo que yo necesite para la realización y aplicación de esta Poderosa Verdad".*

También si muchas veces durante el día uno toma la consciencia por algunos momentos de que *"YO SOY la única Inteligencia y Presencia actuando"*, esto ajustará las cosas de una manera natural de acuerdo con la necesidad. Es muy fácil poner la consciencia en movimiento, sabiendo que uno no está restringido por ningún sentido de iluminación.

TEMPLOS DE LUZ

Están emplazados en el Cinturón Etérico, encima de la Atmósfera de la Tierra. La radiación emana desde este cinturón hasta la Tierra a través de tu atmósfera. El Cinturón Etérico alrededor de la Tierra es muy diferente al que está alrededor de Venus. Venus está dentro del Cinturón Etérico, mientras que la Tierra está más abajo de él.

Advertencia: No le des reconocimiento a nadie que sea una herramienta para la fuerza siniestra. Simplemente piensa que: *"Solamente existe la Presencia YO SOY, Inteligencia, Luz y Poder actuando".* A ti no te concierne ninguna actividad personal de ninguna especie en ningún momento.

La actividad del estudiante es ver la Perfección, sentirla y serla, no importa cuál sea la apariencia humana.

Capítulo XXVI
Auto Corrección

Cada estudiante debe acordarse con toda seguridad que en este poder vivificante de la Presencia "YO SOY" dentro del Ser, todo lo bueno o malo es activado si hay latentes en la consciencia, rebeliones, resentimientos o la inclinación a juzgar. Quiere decirse que todo saldrá a la superficie para ser consumido, y yo te digo sin vacilación alguna que a menos que consumas conscientemente aquello que surge a la superficie, o eso te consumirá a ti.

Si uno nota que se está dejando llevar por la ira, debe tomar las riendas y decretar el mandato a través de la Presencia "YO SOY", declarando que aquello sea gobernado armoniosamente. Ahora, déjame recordarte otra vez que lo primordial en tu progreso es la autocorrección; y que no hay persona, lugar, condición o cosa a la que se pueda culpar por lo que uno mismo se empeñe en alimentar. Esto es imperativo para tu progreso futuro; si has llegado a un punto donde semejantes condiciones sutiles se producen, hay que ponerlas muy en claro y que se comprendan muy bien, porque si no te enfrentarás a condiciones que no podrás controlar.

Te repito que debes estar muy animado porque los adelantos que has hecho en tu propio control y tu completa aceptación de estas grandes leyes de la vida, además de tu completa voluntad de aplicar el gran látigo de la autocorrección, porque yo te digo francamente y te hablo con experiencia, que la actividad exterior que llamamos humana, tiene que ser castigada sin vacilación antes que sea traída a la sumisión del mandato Divino. Si yo te di el uso del Rayo o la Llama a través de la mano, es porque las mentes de algunos están entonando o afinando más rápidamente de lo que está siendo elevada la estructura atómica del cuerpo. Esta actividad de pasar la mano por encima del cuerpo, mantendrá el balance de la vivificación de la mente y la elevación de la estructura atómica.

Me agrada mucho brindar toda asistencia a los estudiantes, y lo hago con la mejor voluntad, pero hay ciertos límites que no puedo sobrepasar, porque los estudiantes tienen que avanzar por sí mismos en su consciencia; sin embargo, debo alertarlos, que no pueden ofrecerle a la Presencia "YO SOY" una atención dividida (parece que el Maestro se refiere a aquéllos que entrando ya a practicar la Presencia "YO SOY" y el Cristo: Dios en vosotros, también suelen ir a consultar espiritismo y brujería), hacer lo cual, equivale a mandar un chorro de energía para darle poder a estas cosas que son negativas y simplemente se está retardando el adelanto.

Hablo por experiencia. No es posible dividir la atención compartiéndola entre la Presencia "YO SOY" y las cosas exteriores, si es que desea superar más allá de lo común.

No quiero causarle ningún choque a ningún estudiante, pero debo hablarles con la verdad; si los amados estudiantes, que han llegado hasta este punto no son capaces de dedicar toda su atención a la Presencia "YO SOY", excluyendo toda otra forma de oración o tratamiento, se estarán cerrando la puerta de nuestra ayuda por mucho tiempo. Esto no pasará si los estudiantes, siguiendo las instrucciones, hacen un esfuerzo sincero cada vez que la atención se les va y la regresan con firmeza diciendo: *"Le doy todo Poder a mi Presencia YO SOY que soy, y me niego para siempre a aceptar cualquier otra cosa".*

Deseo preparar a los estudiantes, porque vendrá un momento en que no tendrán el sostén de nuestros mensajeros, sino que tendrán que apoyarse en su propia habilidad de agarrarse con mano firme a su Presencia "YO SOY", que siempre recibirá su gran poder sostenedor.

Es un error e inútil además, que algún estudiante, después de recibir meses de instrucción, se permita cada día o cada tantos días dejarse caer en depresión y en dudas del poder interior o de su habilidad para aplicarlo. Esta actitud mental infantil, si no es corregida, cerrará la puerta a la Verdad con el tiempo.

Cada estudiante debe tomar una posición positiva, en el momento en que una discordia de cualquier clase, pretenda entrar en su mente y debe asegurarse su dominio declarando: *"YO SOY la Poderosa Presencia que gobierna mi Vida y mi Mundo y YO SOY la Paz, la Armonía, y el Valor Autosostenido que me llevan serenamente a través de todo lo que pueda confrontarme".*

Sin embargo, es tan importante que los estudiantes tengan el beneficio de los manuscritos, que debemos interrumpir la instrucción hasta que éstos sean terminados, pues es la habilidad de los estudiantes de captar lo que dicen los manuscritos, que hará que el gran juez determine lo próximo a dársele. No podemos bajo ninguna circunstancia llevar al estudiante más allá del punto en que él se siente bien fortificado.

Debo decir para la protección de los estudiantes, que si se les manifiestan ciertos fenómenos, permanezcan en calma, ecuánimes y sin impresionarse, siguiendo serenamente y no permitiendo que éstos les fijen la atención, porque en un número tan grande ellos, no faltarán quienes hayan generado energías de estados de consciencia pasado, que puedan producirle estos fenómenos, y en ese caso deben declarar firmemente: *"YO SOY la Presencia que gobierna esto y que lo utiliza para su más alta expresión y uso"*.

Yo te aseguro que no necesitas desear que se produzcan manifestaciones sobrenaturales, porque el progreso natural de tu Ser, producirá abundantes manifestaciones cuando te llegue su momento; pero advierto que no me refiero a las apariciones de los Maestros Ascendidos, porque eso es algo enteramente distinto y no debe interpretarse como fenómeno. Ahora conviene que se haga esta afirmación: *"Gran Presencia YO SOY, llévame dentro de ti, e instrúyeme y haz que yo retenga la memoria completa de estas instrucciones interiores"*.

Como Mensajeros de la Luz, el entrenamiento que representa esa afirmación es esencial, pero no debe causar ni ansiedad ni tensión en el deseo de retener esa instrucción en la memoria, porque semejante actitud podría cerrar la memoria exterior.

Yo no puedo menos que sonreír al ver que algunos estudiantes están a punto de experimentar cosas sorprendentes, pero confío en que siempre se mantendrán serenos sabiendo que *"YO SOY la Única Eterna y Autosostenida Vida en Acción"* y que se quiten para siempre de la consciencia, de que existe en todo el Universo la llamada muerte. La actividad exterior de la mente y el mundo es un *Maya* que pasa y se mueve como las arenas del desierto, y no deben causarle a nadie ningún temor, porque *"YO SOY la Vida eterna que no tiene comienzo ni tiene fin"*.

Del corazón del Gran Silencio brota la corriente de vida incesante de la cual cada uno es una parte individualizada: Esa vida eres tú; eterna, perfecta, autosostenida; y los trajes con que se vista importan poco hasta el día en que se llegue al punto del reconocimiento; en este momento el individuo se ha preparado para llevar el "manto sin costuras" autosostenido y radiante, con todos los colores del espectro.

Entonces puede uno regocijarse con ese manto que es eterno, siempre radiante, inmutable, que lo separa de la rueda de causa y efecto, haciendo de él un ser únicamente de causa. Esa causa es la radiación del Amor Divino siempre emanado y evolucionando de su consciente, equilibrado, estabilizado, radiante centro divino, o sea, el corazón de la Presencia "YO SOY", que es juventud y belleza eterna, la toda sapiente Presencia que contiene en su autoconsciente; acción, el pasado, el presente y el futuro, que después de todo no son sino el *eterno ahora*. Así, tal es la eterna eliminación de todo tiempo y espacio. Entonces encontrarás tu mundo poblado de seres perfectos; tus edificios decorados con joyas selectas; tú de pie en el centro de tu creación ("la joya en el corazón del loto") siendo sus pétalos las grandes avenidas de su actividad perfecta.

Tal es el humilde cuadro de aquello que tienes por delante, llamándote a que entres en tu perfecto y eterno hogar y radiación. Ves tú, yo siento esa radiación gloriosa, y si logras centrarte en la Presencia del Amor Divino y mantenerte allí firmemente, ¡qué maravillosas experiencias te vendrán si pudieras tan sólo dejar afuera la interferencia de la actividad exterior mental!

En cuanto uno tome la actitud de *"YO SOY la Presencia del Amor Divino en todo momento"*, hará esas cosas maravillosas. El uso de esta afirmación, si se siente, cierra la puerta en todos los momentos a las actitudes exteriores de la mente. La solución de cada problema está siempre a la mano porque la Presencia "YO SOY", siempre contiene todas las cosas dentro de ella.

Una demanda es impulsar la petición a que se manifieste, "YO SOY" es el principio activo inteligente dentro de nosotros, el corazón de nuestros seres, el corazón del sistema. No puedo reprimirme de recordarte de nuevo, porque ellos deben siempre saberlo, que cada vez que dice: "YO SOY", está liberando una materia prima autosostenida, todopoderosa, única e inteligente energía. Persiste y entrarás en una condición suprema y maravillosa.

Cuando tú miras al Sol Físico, en realidad estás mirando al gran Sol Central, al propio corazón de la Presencia "YO SOY". Debes tomar la determinación incondicional de que *"la Presencia YO SOY gobierna completamente este cuerpo físico y lo obliga a la obediencia"*. Mientras más atención le des a tu cuerpo físico, más se hace dueño y más te pedirá y continuará ordenándote.

Cuando el cuerpo físico está crónicamente enfermo o continuamente manifestando disturbios comprueba que se le ha dado atención especial por un largo período de años a una u otra perturbación y nunca mejorará hasta que no se tome la actitud positiva y se le obligue a la obediencia. Tú puedes positivamente producir lo que quieras de tu cuerpo si fijas tu atención en la perfección de él, pero no permitas que tu atención descanse sobre sus imperfecciones.

Para la ascensión: *"YO SOY la Presencia que ordena"*. Usa esto a menudo porque aquieta la actividad exterior de modo que te centras en la actividad del amor.

En el instante en que tú sientas algo discordante, voltea para otro lado; tienes el Cetro del Poder en tu consciencia; ahora ¡*úsalo!*

Tú tienes que seguir la orden de Jesús, no mires a ningún hombre de acuerdo con su carne. Esto quiere decir exactamente que no reconozcas imperfección humana en pensamiento, sentimiento, palabra o actuación.

Algo muy poderoso en los problemas es la simple consciencia de *"Dios en mí, Presencia YO SOY, manifiéstate, gobierna y resuelve esta situación armoniosamente.* Obrará milagros, pues el todo es invocar instantáneamente la Presencia "YO SOY" y ponerla a trabajar.

Jesús dijo: *"Pide y recibirás; busca y encontrarás; toca y te será abierto".* Dile pues a tu Ser Divino: *"¡Oyeme Dios! Ven acá y cuídame esto".* Dios quiere que tú lo pongas a trabajar. Esto abre el flujo a la energía Divina, la inteligencia y la substancia que salta a cumplir la orden.

CAPÍTULO **XXVII**
Víspera de Navidad

(Por el Amado Maestro Jesús)

Te traigo Amor y Saludos de los muchos que integran la Hueste Ascendida, de algunos a los que conoces, y de otros a los que ya conocerás.

"YO SOY la Luz, el Camino y la Verdad"; es la campana de Navidad que todavía suena por el campo de la Actividad Cósmica. En la comprensión que te ha sido traída y en el significado y poder de las palabras "YO SOY" encontrarás un Círculo Encantador en el cual te podrás mover sin que ninguna operación humana discordante te pueda tocar. No se trata solamente de conocer la Presencia, sino de ponerla en práctica hasta en la más simple actividad: pues cuando tratas con una experiencia que no te es familiar, muchas veces te sientes tímido e inseguro, pero cuando aprendas a usar el "YO SOY" para resolver tu deseo o problema, encontrarás que tu seguridad crecerá y así la aplicarás con absoluta confianza.

Debes comprender siempre que es en el "Gran Silencio" o quietud de lo externo, que el Poder Interno fluye en su creciente logro, y pronto te darás cuenta que hasta cuando pienses en el Poderoso Principio "YO SOY", sentirás un aumento de fuerza, vitalidad y sabiduría que te permitirá avanzar con un sentimiento de Maestría que algún día, de seguro, te abrirá las puertas a través de las limitaciones de la creación humana, hacia la Inmensidad de la Verdadera Libertad.

Vemos muy a menudo en tu corazón el anhelo por una prueba, una manifestación sorprendente que te daría fuerza para seguir adelante en el camino. Yo te aseguro, bendito hijo de la Luz, que cualquier prueba dada fuera de tu ser es temporal; pero cualquier paso aprobado en y a través de tu propia aplicación consciente, es un logro eterno, y mientras continúes ganando la Maestría a través de tu aplicación autoconsciente no solamente estás logrando las cosas que tienes en las manos, sino que estás elevando tu consciencia también, hasta que en breve, te darás cuenta que todas las barreras han caído.

Es de esta manera que la pura de la limitación será sellada eternamente, y así como mi forma externa fue clavada a la cruz, así mismo tú, con tu consciencia ascendente, clavas y sellas la puerta de las limitaciones autocreadas, y sientes y conoces tu dominio.

Si estás vitalmente deseoso de hacer la Ascensión, yo te pido que uses la siguiente afirmación a menudo: *"YO SOY la Ascensión en la Luz"*. Esto permitirá que tu consciencia salga de la maya de la creación humana más rápidamente.

Es de mucha importancia que a medida que vivas dentro y aceptes plenamente el Poder Trascendente de la Presencia "YO SOY", encontrarás que no solamente la lucha externa cesa, sino que, como has entrado más profundamente en la Luz, las cosas externas que siempre has buscado ansiosamente, comenzarás a buscarlas verdadera y realmente, porque entonces te darás plena y verdaderamente cuenta de la irrealidad de la forma y su actividad transitoria. Es cuando sabrás que dentro de ti y en la Luz a tu alrededor está todo lo que posiblemente puedas desear, y lo externo que ha parecido tan importante habrá perdido su poder limitador sobre ti. Después, en las cosas externas que te vendrán, la alegre libertad se manifestará. Esta es la verdadera actividad de las cosas externas.

A medida que te hagas más consciente de los Poderes Trascendentes que tienes a tus órdenes, sabrás que puedes atraer cualquier cosa que necesites sin dañar o afectar a otro hijo de Dios.

Esta verdad tiene que ser establecida en la consciencia porque las almas conscientes deben saber esto firmemente para que no se encuentren pensando a intervalos si es justo que ellas tengan éxito cuando alrededor suyo hay quienes no lo tienen; Yo te aseguro que tu máximo servicio es el obtener la Maestría y la Libertad para ti mismo.

Entonces estarás preparado para dispensar la Luz sin ser afectado por la creación humana en la cual debes moverte. No te sientas nunca triste o afligido si otro Hijo de Dios no está listo para aceptar la Luz, porque si no encuentra la Luz de su propia escogencia, es solamente un escalón temporal.

Cuando se comienza a ganar la libertad consciente del cuerpo, se comprende lo temporal que estas cosas son y la poca importancia que tienen; pero cuando se entra en la Consciencia Universal o Gran Actividad Cósmica, uno encuentra que entrar a la Luz es de vital importancia. Entonces conocerá la alegría Invencible por la cual su corazón se inundará de alegría.

Poco tiempo antes de darme cuenta de toda mi Misión, la afirmación siguiente estaba vivamente ante mí: "*YO SOY la Presencia que nunca falla o comete un error*". Supe después que éste fue el poder sostenedor que me capacitó para Ser la Resurrección y la Vida.

¡Desafortunadamente algunas de las afirmaciones bíblicas han sido veladas por el concepto humano; de todas maneras estoy muy agradecido porque muchos han permanecido inalterados. Otra afirmación que usé constantemente por más de tres años fue: "*YO SOY siempre el Majestuoso Poder del Amor Puro que trasciende todo concepto humano y me abre la puerta a la Luz dentro de Su Corazón*". Supe después que esto intensificó grandemente mi Verdadera Visión Interna.

En respuesta al deseo ansioso dentro de tu corazón, quiero decirte que durante los años de mi actividad. Yo iba de sitio en sitio en la búsqueda de la explicación de la Luz y la Presencia que yo sentía dentro de mí, y te aseguro, amado estudiante, que no fue con facilidad y la velocidad con la cual tú puedes buscarla hoy. En aquellos tiempos todos los que estudiábamos la Verdad, estábamos muy contentos de recibir la sabiduría de las experiencias no escritas, pues por la naturaleza poco usual de éstas, se pensaba que no era armonioso ponerlas ante la multitud.

Así ha sido a través de los tiempos, cuando el período de experiencias trascendentes ha comenzado a esfumarse en el ayer, y aquéllos que siguieron no estaban lo suficientemente avanzados para darse cuenta de esta Verdad, ellos se han apartado de las bellas y maravillosas flores de la humanidad.

Sin embargo, hoy, el Poder Cósmico Crístico, que se volvió tan real para mí, ha venido a ayudar a la humanidad. Éste, a través de su impulso natural de expresión, está encontrando su camino prudente y seguramente en los corazones y mentes de un porcentaje de la humanidad, hasta el punto de que hay gran esperanza presente de que esta actividad capacitará para que el velo de la creación humana sea alzado: así, muchos humanos verán indicaciones y maravillas que sentirán dentro de sus corazones. Entonces no habrá duda o miedo que los aparte de la Verdad.

Yo pasé algún tiempo en Arabia, Persia y el Tibet, y cerré mi peregrinar en la India, donde conocí a mi Amado Maestro, quien ya había hecho la Ascensión aunque yo no lo sabía entonces. A través del Poder de su Radiación , revelación tras revelación vinieron a mí, a través de las cuales me daban decretos y afirmaciones que me ayudaron a contener invariablemente la actividad externa de mi mente, hasta que no tuvo el poder de molestarme o retardar mi avance.

Fue cuando me revelaron toda la Gloria de mi Misión y el Récord Cósmico Eterno que habría de dejar, el cual debía ser instituido en ese tiempo para bendición e iluminación de la humanidad que había de venir.

Quizás están interesados en saber que éste se convirtió en un Registro Cósmico Activo, muy diferente a todos los registros hechos, pues contiene dentro de sí y lo tienen actualmente, el deseo o impulso emprendedor que hace de la mente humana un imán.

Esto explica los decretos y afirmaciones que Yo dije y que se vuelven más vívidos a través de los siglos, y con el impulso emprendedor de esta actividad asistido por la Radiación de otros Rayos Poderosos enfocados sobre la Tierra, ayudará a una gran parte de la humanidad a que se anhele de tal manera en la Verdad y su aplicación consciente, que un logro trascendente se alcanzará.

Ningún paso tiene tanta importancia vital como es el poner ante la humanidad la sabiduría del "YO SOY" —el origen de la Vida y Su Poder Trascendente— que puede ser traído al uso consciente del individuo. Será asombroso ver cómo esta simple, pero Todapoderosa Verdad, se extenderá rápidamente en la humanidad; porque todos los que piensen en ella, practiquen su Presencia y dirijan conscientemente su energía a través del poder del Amor Divino, encontrarán un nuevo mundo de Paz, Amor, Salud y Prosperidad abierto ante ellos.

Aquéllos que comprendan la aplicación del conocimiento "YO SOY" no serán acosados nunca jamás por la inarmonía o perturbaciones de sus hogares, mundos o actividades, porque es solamente por falta de reconocimiento y aceptación de Todo Poder de esta Poderosa Presencia, que el ser humano permite que los conceptos y creaciones humanas los perturben.

El estudiante debe mirar constantemente dentro del yo humano y ver qué hábitos o creaciones que necesitan ser arrancados y arrojados se alojan allí, porque solamente negándose a permitir que existan hábitos tales como juzgar, condenar o criticar, puede él liberarse. La verdadera actividad del estudiante es la de perfeccionar su propio mundo, y no lo podrá hacer mientras vea imperfección en el mundo de otro Hijo de Dios.

Se te han dado maravillosas afirmaciones para gobernar armoniosamente la vida y mundo. Aplícalas con determinación y tendrás éxito.

Otra corrección que deseas que yo haga es la siguiente: Yo no dije en la Cruz: "Padre, ¿por qué me has abandonado?". Lo que dije fue: "!Padre, cómo me has glorificado!", y yo recibí en la Gloria al hermano que estaba a mi diestra en la cruz.

Hay muchos de estos amados estudiantes a quienes yo conocí personalmente en el tiempo de la crucifixión y al dar este mensaje yo siento como si estuviera hablando a viejos amigos, porque en esa Gran Presencia Ascendida, los siglos son un incidente nada más y solamente nos damos cuenta del tiempo cuando entramos en contacto con eventos humanos.

Amado estudiante que buscas la Luz tan ansiosamente; trata de sentirte en mi amoroso abrazo, trata de sentirte vestido en esa Luz tan deslumbrante con el Sol de mediodía. Ancla dentro de tu consciencia el sentimiento de tu habilidad para hacer la Ascensión, para que cada día te acerques más y más a la Plenitud de esa Realización.

Corta las ataduras de las cosas de la Tierra que te tengan amarrado. Debes saber que en el Amor, la Sabiduría y el Poder que aceptas de tu Poderosa Presencia "YO SOY" está el poder que hace este servicio trascendente.

Recuerda siempre que: *"Dios en ti, es tu Victoria; la Presencia YO SOY que late en tu corazón es la Luz de Dios que nunca falla, y por la aceptación de esta Presencia, tu poder para liberar su energía y dirigirla, es ilimitado".*

Es para mí una gran alegría y un privilegio, el continuar en asociación mi amado Hermano Saint Germain, en el trabajo de mandar a través de mi Radiación Consciente, una ayuda definida a los estudiantes que pueden aceptar la instrucción de Saint Germain. Esto continuará durante todo el año. No me entiendas mal, "YO SOY" irradiará a toda la humanidad, pero en esa radiación a los estudiantes, tengo el privilegio de dar un servicio especial.

En mi Amor yo te envuelvo. Con mi Luz yo te visto. Con mi Energía yo te sostengo para que puedas seguir adelante impávido en tu búsqueda de la felicidad y la perfección de ti mismo y de tu mundo.

Yo confío que esto te traerá una radiación que podrás sentir a voluntad a través del año, y que tu éxito te traiga alegría sin límites.

"YO SOY la Presencia Iluminadora y Reveladora manifestada con Todo Poder".

Jesús el Cristo

Saint Germain:

Deseo transmitir mi Amor, que envuelve como un regalo, a cada uno de mis amados estudiantes, porque el Amor es lo más grande que se puede dar.

Capítulo XXVIII
La Rueda Cósmica

Aquellos Maestros de Venus, que visitaron el Teton Real, y que lo visitarán otra vez este Año Nuevo, comenzarán una actividad definida para consumir una tentativa sutil de generar y traer otra guerra a la actividad externa.

Shamballa está soltando los Poderes que por muchos años han sido atraídos dentro de su circuito.

La Ciudad Dorada, cuyos rayos son enviados en todas direcciones, está prestando a la humanidad un servicio que solamente ella puede hacer.

Si la humanidad pudiese saber y comprender estas actividades por lo que son, se producirán cambios tan maravillosos en el mundo externo, que ni siquiera los avanzados podrían concebir.

En el Día de Año Nuevo, la Rueda Cósmica del progreso habrá llegado a un punto, con respecto a la actividad personal, que dejará a un lado mucho del libre albedrío de los hombres, lo que traerá una alegría y una esperanza indescriptible a la consciencia de aquéllos que sirven desde estas esferas trascendentes de actividad.

¡Oh, estudiante de la Luz! Comprende que esta asistencia magnífica es tuya y que la tendrás si aquietas lo externo y te abres hacia ella. Yo te suplico, amado estudiante, que cierres tu mente a la ignorancia y a las sugerencias inarmoniosas de los seres humanos en todas partes. Yo te digo: *"La Libertad en todo sentido, yace ante tu puerta solamente si mantienes tu personalidad armonizada y te niegas a aceptar las sugerencias inarmoniosas y siniestras de la atmósfera y de aquellos con quienes tienes contacto en la forma mortal".*

Es imperativo que hagas esto si deseas traer a tu mundo la alegría, belleza, opulencia y perfección de toda clase. No es nuestro deseo inmiscuirnos para nada en tu libre albedrío, pero la alegría inunda nuestros corazones cuando vemos a los estudiantes agarrándose fuertemente, comprendiendo y aplicando estas Leyes Trascendentes que nosotros sabemos que significan la Victoria Segura; y déjame reiterar lo que he dicho anteriormente: *"No hay cosa más viciosa en la actividad humana como la personalidad o la sugestión que trata de alejar al estudiante de la Verdad y de la Luz que será su Libertad".*

Con respecto a esta Poderosa Actividad Cósmica, debes trabajar con gran determinación consumiendo toda creación inarmoniosa pasada y presente. Cada vez que tu pensamiento y deseo se manifieste de esta manera, grandes corrientes de energía vendrán a tu asistencia para sostenerte y ayudarte. Esto es parte de la asistencia presente asombrosa que es dada a la Tierra. El Observador Silencioso ha esperado 200,000 años para que la Rueda Cósmica llegue a este punto, el Nuevo Año que entra.

De nuevo te aseguro que nunca en la historia de la humanidad, tan trascendente actividad ha estado lista para correr en tu ayuda. ¡Oh, amado estudiante! ¿No vale esto todo vuestro esfuerzo determinado para actuar de acuerdo con esta gran bendición, que hace vuestra lucha por la Libertad de las autocreaciones humanas más felices?

Amado estudiante: Mi corazón se regocija profundamente al ver dentro de ti un deseo intenso por la luz, y un esfuerzo determinado para aplicar estas leyes infalibles, que de seguro te darán la libertad en la medida que la apliques.

Te agradezco ese alegre deseo de distribución ilimitada de libros. Hay en este deseo, amado mío, un servicio de gran bendición que tú puedes comprender muy poco.

Me siento bendecido grandemente este día de devoción al Cristo, al sentir el Amor que me mandas, y yo te aseguro, bendito, que regresaré a ti dirigiendo todo ese Poder Amoroso para asistirte, iluminarte y bendecirte.

En ese servicio especial que Jesús ha decidido hacer, tú estás bendito, claro está. Trata de sentir esta Verdad Maravillosa con el sentimiento más profundo e intenso que puedas ordenar. Abre tus brazos, corazón y mente a la Gloria de esta Radiación, y a medida que hagas esto de una manera más plena y completa, verás qué rápido desaparecerán todas las condiciones perturbadoras y limitadoras a tu alrededor.

Yo te suplico, amado estudiante, que no continúes limitándote por conceptos humanos. Decreta y siente tu asombrosa habilidad para usar estas Leyes y dirigir esa poderosa Energía para tu Libertad y Perfección. Procura comprender que tu forma humana no es una creación densa, difícil de manipular. Trata de sentir que es una substancia transparente que sigue tu más mínima indicación. Habla con tu cuerpo. Ordénale que sea fuerte, receptivo solamente a la Consciencia Maestra Ascendida, que sea la Perfecta Expresión del Poder Divino del Poderoso "YO SOY", y que tenga Su Belleza de Forma y Expresión.

Revisa en tu experiencia, la poderosa determinación que has tenido algunas veces para alcanzar el éxito en la actividad externa de las cosas, y después date cuenta que tu determinación puede generar mucho más poderosamente para alcanzar tu Libertad Eterna.

Créeme, amado, cuando yo te digo: "Tu creación humana es la única que está en ti y tu Libertad de toda limitación. Esa Creación no será un obstáculo mayor de lo que tú aceptes que sea. Si le quitas a esa creación el poder de limitarse, a cualquier hora o cualquier día, podrás entrar jubilosamente a través del velo en el mundo de la "Presencia Electrónica", tan bella, tan alegre, tan llena con la deslumbrante Luz de su Gloriosa Presencia y moverse allí para siempre en la Luz de la Gloria Eterna. Después, cuando vuelvas atrás a través de ese velo humano para servir en la actividad exterior, continuarás sintiendo la Gloria de ese Ser Trascendente que eres. Entonces la maldad de tu propia condición externa o de los que están a tu alrededor no te tocará o afectará en absoluto".

Todo mi ser vibra en jubilosa anticipación por ti, porque yo sé con certeza definida de tu éxito. A aquéllos que dejan que las sugestiones de la ignorancia de otros seres humanos los desvíen del camino, yo deseo decirles: "Recuerden solamente lo que les espera, lo que está dentro de vuestra capacidad para lograr y ser".

Recuerda una y otra vez que a medida que la aceptación de tu Poderosa Presencia "YO SOY" creada más en intensidad, los problemas externos que han parecido tan terribles, de seguro se desvanecerán de la apariencia.

Así, no solamente se resolverá tu problema, sino que cada paso ganado de esta manera será firme, y alcanzarás la Libertad Eterna. Si es por libertad financiera que imploras, yo suplico contigo para que te quites de la actividad externa de tu mente la apariencia "YO SOY", el único Dador de toda la Poderosa Opulencia que hay. Mantente firme y determinado en esto, y obtendrás todo el dinero que desees usar.

La Vida no te limita; la opulencia no te limita; el Amor no te limita; por lo tanto, ¿por qué dejar que los conceptos humanos limitadores te sigan atando?

¡Amado Hijo de la Luz! Despiértate en la *Poderosa Gloria de tu verdadero Ser; camina hacia adelante como una Poderosa Presencia Conquistadora; sé "la Luz de Dios que nunca falla"; muévete, vestido en la luz de la Gloria trascendente de tu Yo-Dios y sé libre.*

Capítulo XXIX
Los Maestros Cósmicos

(Plática de Saint Germain en el
Día de Acción de Gracias)

Amados estudiantes de la Luz:

Hoy es uno de los días más grandes de Acción de Gracias que he tenido en 100 años. Ver como la Luz, el reconocimiento y la aceptación de la Presencia "YO SOY" está siendo recibida y utilizada por tantos estudiantes, es realmente un tiempo de alegría y de Acción de Gracias.

No solamente soy yo el que les manda mi Amor y bendiciones, sino también toda la Hueste de Maestros Ascendidos, los grandes Maestros Cósmicos, la Gran Hermandad Blanca, la Legión de Luz y Aquéllos Ayudantes de Venus, se juntan en alabanza y gracias por la Verdadera Luz que está siendo expandida en la humanidad.

Yo apreciaría profundamente toda la asistencia que los estudiantes bajo esta Radiación puedan dar para que los libros se

editen y sean puestos ante la humanidad, porque este es el más
grande servicio que se puede dar en el presente.

La mayor necesidad de hoy en día es llamar la atención externa de la humanidad hacia la "Gran Fuente Única" que puede dar la asistencia que se necesita; ésta es la
Gran Presencia "YO SOY" y la Hueste de los Maestros
Ascendidos. La atención fija en los hombres en esta Gran
Fuente, provee la apertura necesaria para la manifestación
de la Gran Luz Cósmica Eterna, para que fluya al mundo
externo alcanzando no solamente la consciencia de los individuos sino también las condiciones que necesitan muchos de un reajuste.

Es mi deseo que todos los estudiantes bajo esta radiación sientan la responsabilidad individual al respecto,
para mantener sus mentes y sus cuerpos armonizados, y
seguir cargando sus mentes y mundos emocionales con la
Sabiduría y la Perfección de la Poderosa Presencia "YO
SOY". Esto facilitará el trabajo de dar asistencia a la humanidad, pues de otra forma lo externo, por su condición
limitada, no la podría concebir.

Yo deseo que cada estudiante comprenda y sienta profundamente que los Grandes Maestros Ascendidos y yo
estamos listos para dar tanta asistencia a los humanos
como la Ley de su Ser lo permita. Los estudiantes deben
permanecer siempre firmes y no dar poder a otra cosa
que no sea la Presencia, hasta que la creación humana
externa alrededor de ellos sea disuelta y consumida para
que entonces la Poderosa Luz, Sabiduría y Poder de la Poderosa Presencia "YO SOY" fluya en sus mentes, seres y
mundo con este Glorioso Esplendor llenándolos a ellos y
a sus mundos con esa armonía, felicidad y perfección que
todo corazón tanto desea.

Yo les apuro a todos a que hagan un trabajo definido, consciente, de protección para las Américas, para que la Luz Cósmica y la Perfección Eterna envuelvan la Tierra, limpiando y consumiendo toda discordia y continúe "bendiciendo a personas, sitios, condiciones y cosas porque es la Actividad Poderosamente Milagrosa trabajando, que les revelará la prosperidad y felicidad que todos tanto desean".

Esto, amado mío, es lo que significa atraer un Poderoso Foco de los Maestros Ascendidos entre vosotros. Solamente a medida que se abre vuestra Visión Interna para ver y conocer la Realidad Verdadera, podréis tener un pequeño concepto de la Verdad que he dicho.

Deseo que tu corazón sea llenado con alegría y que trabajes afanosamente por la salud, éxito y prosperidad de los Mensajeros que han sido los canales a través de los cuales este foco de protección ha sido dado. Son muy desafortunados los que critican a los Mensajeros o su trabajo; mejor sería que no hubiesen nacido en esta encarnación.

Amado estudiante: Procura sentir con toda sinceridad la Realidad y las Bendiciones Infinitas de este trabajo, para que tu mundo pueda obtener el gran premio de esta bendición.

Las palabras son inadecuadas para decirte la plenitud de mi gratitud por tu esfuerzo sincero y afanoso. Tu habilidad y poder para bendecir y prosperar aumentará mientras te adhieras firmemente a y dentro de tu Poderosa Presencia "YO SOY".

Mi amor te envuelve, mi Luz te ilumina y la Sabiduría de la Poderosa Presencia "YO SOY" te hace prosperar en la Plenitud de toda Protección.

El Amor de la Poderosa Hueste de Maestros Ascendidos, de la Gran Hermandad Blanca y de la Legión de Luz te envuelve siempre.

"YO SOY" sinceramente en "la Luz".

Saint Germain

Capítulo XXX
El Gran Sol Central

(Plática de Saint Germain en el Día de Navidad)

Con gran alegría observamos el tremendo logro, individual, nacional y cósmico, cuando tenemos el uso de esa Magna Energía y podemos cooperar con aquellas Grandes y Poderosas Corrientes de Energía Cósmica, dirigidas por esa Grande y Sabia Inteligencia. Sabemos que cada paso que damos hacia adelante nos trae más y más cerca de esa Poderosa Gloria y Libertad, que muchos están aprendiendo a sentir y a realizar.

Bien diferente, son todas las actividades cuando se trabaja en conjunto con esa Gran Sabiduría Cósmica que ya no está limitada a restringir Su Poderosa Energía debido al libre albedrío del individuo; en ese tiempo las actividades cósmicas de las naciones son de primera consideración; después viene el individuo.

Antiguamente, ciertas Actividades Cósmicas tuvieron que esperar por causa del individuo. Ahora la Gran Rueda Cósmica ha rodado, trayendo conjuntamente todas las actividades nacionales, emocionales y mentales para la Gran Preparación donde cada diente de la rueda tiene que encajar, en la Realidad Cósmica.

Como el libre albedrío del individuo todavía limita lo externo, habrá muchos individuos y condiciones que serán como pasados a través de grandes rodillos, para que todas las cualidades indeseables sean presionadas hacia fuera y consumidas por el poder de la Llama Dirigida Conscientemente.

La Poderosa Radiación conscientemente dirigida desde el Gran Sol Central por la Gran Hueste de los Maestros Ascendidos, no solamente está teniendo un efecto tremendo en las mentes y sentimientos de la humanidad en la superficie de la Tierra, sino también muy profundamente dentro de la corteza terrestre. Por lo tanto ha sido posible impedir grandes desastres.

Deseo expresar mi Gran Amor, Gratitud y Bendición a los muchos estudiantes que han estado proyectando su Potente Amor, Sabiduría y Poder de la Divina Presencia "YO SOY" en los mundos mental y emocional, y les aseguro que un trabajo gigantesco ha sido realizado; si la humanidad y los amados estudiantes pudiesen comprender de una vez por todas, que toda causa radica dentro del mundo mental y emocional, habrán alcanzado un punto de comprensión en donde sabrán con plena seguridad que la actividad externa de la humanidad tiene que ser corregida para que manifieste el Orden Perfecto, lo que sólo podrá lograrse cuando la única causa (las actividades mentales y emocionales) sean corregidas y dominadas.

Quiero asegurar a aquéllos que han tenido la siguiente pregunta en sus mentes. ¿Es realmente verdad?, que un día ellos verán y sabrán la Verdad de lo que he dicho.

Desde 300 años después del Ministerio de Jesús la humanidad ha vuelto a considerar los efectos en vez de las causas, y es por eso que no se ha podido dar una asistencia permanente.

Ahora, con la asistencia que la Rueda Cósmica permite, es posible traer otra vez a la consciencia de la humanidad la necesidad de trabajar con la causa, y así el efecto, puesto fuera de circulación, deberá desaparecer.

Es por esto que el conocimiento de los Poderes de la Magna Presencia "YO SOY", está haciendo que los estudiantes trabajen solamente con la única y Poderosa Presencia "YO SOY", cuya *Causa* es la Perfección Plena, cosa que están probando muchos de ellos. Cuando tu atención se fije en la Presencia "YO SOY", estarás tratando con la Única y más Poderosa Causa, cuya Sola y Única Expresión es la Perfección. Por lo tanto, tu mundo se llena primero con la facilidad y el sosiego y, a través de eso, se comienza a sentir la Gloria de esa Magna Presencia. A medida que ello ocurre, uno se da cuenta que puede alcanzar esta "Poderosa Presencia" conscientemente, y liberar una avalancha tan poderosa de Su Potente Energía, de la que el humano tiene tiempo solamente de recalificar una parte, con sus limitaciones e inarmonías. Por lo tanto, el poder que se requiere para dar Prueba Eterna al individuo, es sostenido. Así a través del propio esfuerzo autoconsciente del individuo, viene el reconocimiento cada vez mayor de las posibilidades dentro de su captación consciente. Noten que digo *captación consciente*, porque es solamente a través primero, del reconocimiento consciente, segundo, de la aceptación y, tercero, de la aplicación o, en otras palabras, dirigiendo conscientemente esta Poderosa Inteligencia y Energía Pura, que lo externo o lo humano se mantiene lo suficientemente disuelto para que lo externo capte verdaderamente estas poderosas actividades.

¡Oh, qué lastima que la humanidad haya creído por tanto y muchos individuos muy sinceramente también, que se puede curar el odio, la condenación y la crítica con esas mismas cualidades! ¡Qué vano y trágico ha sido ese falso concepto! Créeme, ¡oh, hijo de la Luz!, el odio nunca ha curado al odio y nunca lo curará. La condenación y la crítica nunca curaron su igual, porque como les hemos dicho tantas veces: "Aquello en lo que tu atención y visión se fijan, lo está calificando y forzándolo dentro de tu mundo a residir y actuar ahí".

A pesar de lo que hemos dicho y dictado muy poquito se ha entendido sobre lo mucho que la personalidad está constantemente calificando la misma atmósfera y condiciones alrededor de ella con las cosas que no quiere, a través de la creencia de que puede continuar teniendo cualquier clase de sentimiento, hablar de palabras de discordia, odio y limitación, y no ser afectado por ello. Este concepto obstinado y falto de la humanidad ha llenado el mundo con toda clase de perturbaciones.

Ahora, esta Poderosa Luz Eterna está siendo liberada para enseñar a la humanidad el por qué el mundo externo está tan lleno de tragedias. Si yo les enseñara durante media hora cuánto egoísmo ha sido sacado del mundo mental y emocional de la humanidad desde que estas clases del "YO SOY" empezaron, casi no podrán creer todo el logro que en tan poco tiempo ha sido posible. Esto hubiese sido imposible a no ser por esta "Poderosa Radiación Eterna de Luz de la Gran Hueste de Maestros Ascendidos, desde el Gran Sol Central, los Maestros de Venus, el Observador Silencioso (Cyclopea) y los poderosos Dioses de las Montañas".

Todo esto ha hecho posible la realización por la cual la Legión de Luz y la Gran Hermandad Blanca han laborado durante siglos. Este trabajo ha continuado ininterrumpido por 14,000 años. Los Grandes Ascendidos vieron la Victoria desde el comienzo; pero tuvieron la paciencia infinita de soportar la indocilidad de la humanidad y esperar siglo tras siglo; y ni aún así se tuvo ni un sólo sentimiento ni un sólo pensamiento de impaciencia o una idea como ésta: "¿Por qué no cambia la humanidad?" Solamente dentro del circuito del pensamiento humano entran los sentimientos de juzgar y de impaciencia.

Así, ¡oh, amado estudiante de la Luz!, dile a toda apariencia limitadora discordante: *"Vete, impotente creación humana. Yo no te conozco, mi mundo está lleno solamente con la Perfección de mi Poderosa Presencia YO SOY".* Yo te quito, apariencia sin sentido, todo poder para dañar o molestar. Yo camino desde ahora, en la Luz de la Divina Presencia "YO SOY", en donde no hay sombras y estoy libre, por siempre libre.

Yo te digo, ¡oh amado estudiante!, que no dejes de cargar tu mente, cuerpo, hogar, mundo y actividad con el "Poderoso Amor, con la Perfección y con la Actividad Inteligente de tu Presencia YO SOY".

Lanza a través de tu proyección consciente, como un gran cañón, la Poderosa Llama Violeta Consumidora, para que consuma todo lo indeseable e imperfecto de tu mundo de actividad. Califica esto conscientemente con el Poder Pleno del Amor Divino en Acción; entonces ve y siente la gran belleza, felicidad y perfección que experimentarás a medida que avances.

Yo te insto con todo el amor de mi Ser a que cargues todo lo que esté dentro de la actividad de sus pensamientos y sentimientos con Amor, Opulencia y Logro Perfecto.

Haz esta calificación con energía dinámica. Pon tras ellos un gran sentimiento y seguridad y encontrarás tantos cambios en tu mundo de actividad y ambiente que lo podrás casi comparar con el frotar de la "Lámpara de Aladino".

Cuando llamas a la Poderosa Presencia "YO SOY" a la acción en tu Vida, ambiente y actividad, la lucha cesa. Lo indeseable sale, y la Presencia "YO SOY" entra, y encontrarás que has penetrado en un nuevo mundo, lleno con la felicidad y la perfección que tú sabías que existía en algún sitio, dentro de tu corazón.

Amado mío, no importa lo humilde que tu posición presente parezca ser, llamando tu Presencia "YO SOY" a la acción, podrás transformar todo dentro de tu mundo y llevarlo con la Perfección que desees tener allí.

MUY IMPORTANTE

Entrénate a aquietar lo externo aunque sea cinco minutos tres veces al día. Al final de esa quietud con toda la calma ansiosa de tu Ser, llama a la Poderosa Presencia "YO SOY" a la acción, y obtendrás todas las pruebas del mundo que desees de la Presencia, Poder y Dominio de tu "Divino YO-DIOS".

El Amado Maestro Jesús desea que yo extienda su Amor y Seguridad de que Él mandará su Esplendor Especial a los estudiantes bajo esta Radiación durante todo el año. Él mandará su mensaje el Día de Año Nuevo.

Este es el Mensaje de Navidad que la Hueste de los Grandes Maestros Ascendidos, la Legión de Luz, y la Gran Hermandad Blanca te manda hoy.

Que tu corazón, ¡oh amado estudiante!, sea llenado con la Presencia Eterna del Amor Divino y seas tú, tan cargado con Su Presencia Activa, que tu mismo Esplendor se vuelva una Actividad Eterna y Consumidora, dejando fuera todo, menos la Luz Eterna de la Perfección.

Yo cargo el mundo mental-emocional de la humanidad con esa Presencia Activa y Eterna del Amor Divino, manifestado por doquiera en los corazones y mentes del género humano. En el nombre, en el Poder, en el Amor de esa Luz Eterna y Perfecta del Universo, Yo libero la Llama Consumidora y Purificadora y la envío a toda la Tierra, liberando a la humanidad, controlando sus sentimientos y sosteniéndolos en la Presencia Gobernante y Perfección del Amor Divino, ahora y por siempre.

Con todo el Amor de Mi ser.

Saint Germain

Capítulo XXXI

Jesús y Saint Germain

(Plática de Jesús en el Día de Año Nuevo)

Mientras desde las Altas Octavas de Luz contemplamos los avances del año pasado y entramos en vuestra octava de actividad humana, vemos y sentimos el gran cambio que se ha producido en un año. Es algo verdaderamente muy alentador y que asegura la meta final de la liberación de la humanidad de las cadenas y limitaciones de su propia creación. Después de todo, es lástima que la humanidad no comprenda que solamente es ella misma la única creadora de la limitación e inarmonía que existen.

En otras palabras, a través de la actividad descontrolada de lo externo, las personalidades se permiten recalificar constantemente la Energía Perfecta, la Esencia Pura de la Poderosa Presencia "YO SOY" propia, produciendo todo lo que es indeseable, cuando está dentro de su habilidad el mantenerse armonizado para que la Perfección de la Inteligencia y la Energía fluya a través de la forma humana y no sea recalificada. Por lo tanto, ésta haría siempre su Trabajo Perfecto, no solamente perfeccionando la forma humana, haciendo que ésta exprese la Perfección divina, sino también dejando que la Pureza y la Perfección fluyan hacia el mundo del individuo, produciendo esa belleza, armonía y éxito que todo corazón anhela.

Pregunta: ¿Por qué es que casi todo el mundo desea mayor Belleza, Perfección y Abundancia de toda cosa buena?

Respuesta: Porque es un Reconocimiento Interno del Dominio dado por Dios a cada individuo, que todos pueden mantener en cualquier momento. Yo te aseguro, amado hijo de la Luz, que cada individuo puede asegurar su dominio en cualquier momento solamente a través del reconocimiento y aceptación de su propia Divina Presencia "YO SOY"; esto hace posible que esta Magna Presencia Invencible se vuelva la Poderosa Inteligencia Gobernante.

Por lo tanto, ¿no ves pues, que no hay obstrucción para esta Poderosa Presencia, ni lucha o interferencia de ninguna especie? Es por esto que la vieja afirmación bíblica tan usada: *"Aquiétate y sabe que YO SOY Dios"*, puede ser transformada en un poder dinámico en la vida de uno. Este ser todavía significa el armonizar y aquietar la mente externa. El año pasado hemos dirigido la atención hacia muchas de las afirmaciones bíblicas, dando más explicaciones sobre el verdadero significado. Este año esperamos traerles una explicación más completa de todas las afirmaciones "YO SOY" usadas a través de los siglos, para que la humanidad tenga la evidencia ante sus ojos, de la Libertad y el Dominio que están dentro de su propia aceptación de su propio alcance.

Nos regocijamos y damos gracias porque este año va a manifestarse un apoyo financiero abundante para este trabajo, y así la Luz Ilimitada y las Bendiciones serán traídas a la humanidad. En todas las Edades Doradas pasadas, cuando la Gran Luz de las Octavas Altas descendió a la Tierra envolviendo y disolviendo la creación humana que rodeaba a los individuos, éstos fueron tan capacitados para alcanzar las Altas Octavas a través de la Vista Interna, Oído y Sentimiento, que sabían por experiencia propia, la verdadera realidad y que la forma externa era solamente el ropaje de esta Sabia y Suprema Inteligencia que la Poderosa Presencia "YO SOY" usó para encontrar expresión en la octava más densa, a la cual lo humano se había retirado.

Puedes tú, ¡oh amado estudiante de la Luz!, siquiera por unos instantes, darte cuenta de la gran alegría que esto trae a los corazones de la Hueste de los Maestros Ascendidos, que se han liberado de las mismas limitaciones humanas que tú estas experimentando ahora, a través del esfuerzo autoconsciente. De la misma manera que estos Amados Mensajeros han conocido con plena seguridad esta Libertad, así un día la humanidad comprenderá que todos pueden hacer el esfuerzo autoconsciente necesario para el reconocimiento y aceptación de esta Poderosa Presencia "YO SOY" y obtener esta misma Libertad.

No dejes que ninguno de los amados estudiantes cometan el error de pensar que la Magna Presencia "YO SOY" actúa independientemente del esfuerzo propio autoconsciente del individuo. Esto nunca es así y no puede hacerse así. Es verdad que después que el estudiante ha alcanzado un cierto grado de avance, la Ley parece que empieza a actuar casi automáticamente, pero esto es solamente porque un fuerte impulso ha sido establecido alrededor del individuo. Déjame que te aclare ahora que mientras no hayas ascendido no cesarás de hacer una aplicación consciente para tu propia Libertad.

Hoy repasaré algunas de estas simples, aunque todo-poderosas afirmaciones de la Verdad, porque deseo que cada estudiante bajo esta radiación tenga una copia de esto, para que la lea, por lo menos, una vez al día. A aqué-llos que hagan esto fervorosa y concienzudamente yo les daré mi propia radiación individual para bendecirlos y asistirlos en su Libertad.

El pasado año se te pidió que cargases tu mente, cuer-po, hogar, mundo y actividad con la Perfección de la Po-derosa Presencia "YO SOY". Ahora, con tu permiso, yo te ayudaré, y también cargaré tu Ser y Mundo con esta "Poderosa Perfección y Abundancia".

Yo te ofrezco esta asistencia, ¡oh amado estudiante! Que ninguno sea tan tonto como para dudar, porque "*YO SOY Jesús, el Cristo de Galilea, a quien tú has conocido por es-pacio de 2,000 años, que te está dictando esta plática, ofrecién-dote esta asistencia*".

Déjame asegurarte otra vez que este trabajo de Saint Germain y mío, es completamente distinto a cualquier otra cosa dada al Mundo Occidental, porque en este tra-bajo no hay conceptos humanos ni opiniones. Esto no había sido posible anteriormente hasta que la Luz Visible y los Rayos del Sonido pudieron ser establecidos, a través de los cuales podían ser dadas la sabiduría y la instruc-ción. Si tú, amado mío, como estudiante, puedes darte cuenta de esto, ¡qué grande será tu bendición y beneficio!

La protección que ha sido dada a América y otras par-tes del mundo, durante los meses pasados, ha trascendido todo lo que Yo he conocido en mi experiencia. ¡Oh, si la humanidad pudiese comprender todo esto, con qué gusto cooperaría ella a todo trance para mantenerlo! Así, esta Actividad Todopoderosa podría ser aumentada.

Solamente podemos atraer tu atención a la Verdad, hacia la Realidad, como nosotros la conocemos. Cuando puedas aceptar esta Verdad plenamente y aplicarla en tu mundo y actividad, obtendrás toda la prueba necesaria en tu propia experiencia para ayudarte a conocer el Poder Pleno de la Verdad, por parte de los estudiantes, me ayudará a cargar sus conciencias, y a llenar sus mundos con la actividad correspondiente. Aquéllos que duden deberán esperar, porque la duda y el miedo son las dos puertas que todo ser humano tiene que pasar para conocer y obtener su Plena y Completa Libertad. La llave que abre estas puertas es el Amor Divino en la propia aceptación de la Poderosa Presencia "YO SOY" individual, como la plenitud de este Poder del Amor Divino actuando.

La Puerta hacia la Séptima Octava de Luz permanece abierta para todos los amados estudiantes bajo esta radiación, para que hagan una aplicación autoconsciente sincera y deseosa. Esto, mis amados hermanos y hermanas significa vuestra Libertad. Podrán ustedes aferrarse a esto con todo el poder de vuestra Consciencia "YO SOY" y ser libres.

A medida que yo estoy dictando estas palabras a los Mensajeros, a través de amplificadores que vuestro mundo externo todavía no conoce, estas palabras y esta radiación están llenando el mundo mental y sensorial de la humanidad que comenzará a actuar inmediatamente. Cuando los estudiantes e individuos tengan contacto con estas palabras, de vez en cuando encontrarán una respuesta inmediata que los ayudará a sentir la Verdad y la Realidad de lo que hablo.

¡Oh! Esta humanidad que a través de los servicios religiosos de las iglesias está reconociendo mi Ascensión, ¿por qué no puede sentir la verdadera Realidad y saber que en mi Cuerpo Luminoso, Eterno, Ascendido Yo puedo y alcanzo a todos aquéllos que abran sus corazones hacia Mí. ¡Oh!, hijo de la Tierra, aprende a juntar tu sentimiento de la Verdad con el reconocimiento de la Verdad que tú deseas manifestar en tu Vida. Entonces, estarás capacitada para alcanzar cualquier altura del avance en tu búsqueda de la Libertad.

"YO SOY la Puerta abierta que ningún hombre puede cerrar".

Tu Poderosa Presencia "YO SOY" es la Verdad, el Camino y la Vida.

Tu Poderosa Presencia "YO SOY" es la Luz que ilumina a todo hombre que viene al mundo.

Tu Poderosa Presencia "YO SOY" es la Luz, es la Inteligencia que te dirige, es tu Energía Inagotable Sostenedora.

Tu Poderosa Presencia "YO SOY" es la Voz de la Verdad hablando dentro de tu corazón, es la Luz que te envuelve en su Presencia Luminosa, es tu Eterno Cinturón de protección a través del cual ninguna creación humana puede pasar. Es tu Eterno Depósito de Energía Inagotable que puede ser liberada cuando desees a través de tu descarga consciente.

Tu Poderosa Presencia "YO SOY" es la Fuente de la Eterna Juventud y Belleza, la cual llamas a la acción y expresión en tu forma humana.

Tu Poderosa Presencia "YO SOY" es la Resurrección y la Vida de tu cuerpo, de tu mundo de acción, en esa Perfección que todo corazón humano tanto desea.

Escucha, ¡oh, amado estudiante de la Luz! Cuando estás diciendo estas afirmaciones y "YO SOY" diciéndolas por ti, ¿no ves que no solamente lo estamos haciendo por nosotros mismos, sino también para el resto de la humanidad? ¿Que cuando estás decretando algo acerca y a través del "YO SOY, lo estás haciendo por toda la humani-

dad al igual que para ti? Así es como la aplicación y expresión del "YO SOY" se vuelve tan poderosa e inagotable en su actividad, y actúa por siempre más allá del
reino del egoísmo humano. ¿Por qué? Porque tú estás pi-
diendo para todos los hijos de Dios la misma Perfección
que estás llamando a la acción para ti mismo.

Esto es posible solamente en el uso de las afirmaciones
y aplicaciones del "YO SOY", porque el actuar dentro de la
Presencia "YO SOY" los lleva instantáneamente fuera de la
actividad donde hay egoísmo humano. Esta es la razón
por la cual el estudiante sincero y deseoso que retire toda
duda y miedo, se encontrará actuando dentro de una esfera de actividad positiva y definida que no conoce retraso
o ausencia de éxito en cosa alguna. Por lo tanto, ¡oh, amado!, ¿no ves cómo estás actuando dentro de un mundo de
infalibilidad en donde tus decretos capacitarán el Pleno
Poder del "YO SOY" para moverse a la acción, causando
que toda la inarmonía y limitación humana se vayan?

Ahora te diré el decreto que la Hueste de Maestros Ascendidos y estudiantes hicieron anoche en el Teton Real:
*"La Libertad, Salud, Prosperidad y Acción Armoniosa se derra-
marán sobre el Mundo, como nunca antes se había experimentado en la Tierra".*

Los estudiantes que se unan a nosotros, usando este
decreto darán un servicio que los bendecirá a través de los
tiempos. Solamente porque América es la copa, el Santo
Grial, hablamos primero de ella siempre. Todos deberán
saber sin duda alguna que lo que bendice a América, bendice al mundo.

Una Actividad, una Radiación, como nunca había sido
conocida desde la cumbre de la Última Era Dorada de
Atlántida, fue enviada desde el Cónclave, en el Teton Real,
cuya descripción Saint Germain os dará después.

La plenitud de mi Amor, Luz y Bendición te dejo, a ti y a toda la humanidad, para que la Luz dentro de tu corazón, sea tan acelerada que no conozcas más limitaciones de especie alguna, y para que esa Luz se vuelva tan Poderosa que solamente Su Radiación consuma toda la creación humana acumulada a través del pasado o presente, liberando a todos por siempre.

Mi Amor los envuelve a todos por siempre.

Jesús El Cristo

Capítulo XXXII
Nuevo Ciclo

Yo te sugiero que cada día, de vez en cuando, pienses que eres una estación de radio emitiendo paz y buena voluntad a toda la humanidad. Debes saber que en esta Poderosa Consciencia, el Poder Ilimitado de la Poderosa Presencia "YO SOY" fluye hacia cada individuo dándole aquello para lo cual ya esté listo a recibir, trayendo instrucción y decisión a todos. Debes estar consciente que tu mente es un Centro Divino tan poderoso, que en cualquier momento puedes tomar decisiones rápidas y acertadas a través del poder del Amor Divino. Reconoce que tu mente es solamente un vehículo de la Gran Presencia Maestra de la Poderosa Presencia "YO SOY" dentro de ti y que tienes que obedecer a la Presencia Interna en todo momento. Ordénale que actúe siempre con decisión, atención y rapidez, y que todo sentido de incertidumbre humana sea consumida para siempre.

EL NUEVO CICLO

Hoy es el punto focal de 10,000 años, el principio de otro ciclo de 10,000 años en el cual los Grandes de Venus, quienes siempre han sido un instrumento en la elevación de la humanidad en nuestra Tierra, están presentes en este día mandándole a toda la humanidad una Poderosa Radiación. Esto traerá más rápidamente una estabilidad y confianza mayores en los corazones de muchos dirigentes públicos, y hará que tengan un fuerte deseo de restablecer en el mundo la confianza y la prosperidad y hacer que ellos sientan un Amor más profundo y lealtad para su progreso como nunca lo hubo antes. Muchos habrán aprendido que no pueden gobernar a la humanidad con una mano de hierro, porque están viendo que el control que tanto han deseado ganar sobre otros, está devolviéndose hacia ellos mismo para su redención. Si esta lección puede ser grabada en ellos lo suficiente, se impedirá una gran calamidad. En este período de aceleración se puede hacer en 20 años cosas que en otros tiempos hubiesen tomado 100.

*L*ove is patient and
kind; love is not
jealous or boastful;
it is not arrogant or
rude. Love does not
insist on its own way;
it is not irritable or
resentful; it does not
rejoice at wrong, but
rejoices in the right.
Love bears all things,
believes all things,
hopes all things,
endures all things.
Love never ends...

1 Corinthians 13:4-8

DESCRIPCIÓN DEL CÓNCLAVE DE AÑO NUEVO EN EL TETON REAL POR SAINT GERMAIN, 1º DE ENERO DE 1935:

Con gran alegría les contaré brevemente algo de la actividad que se desarrolló anoche en el Teton Real.

Doscientos catorce Maestros Ascendidos estaban presentes y los 12 de Venus. El Ojo Avizor tenía la acción más poderosa hasta hoy conocida.

Grandes Rayos de Luz fueron hechos permanentes en las principales ciudades de Europa, India, China, Japón, Australia, Nueva Zelandia, África y en las tres Américas.

Se estableció también una actividad similar o Radiación desde la Ciudad Dorada y Shamballa, instituyendo una Actividad Triple para la bendición de la humanidad. Se está haciendo todo esfuerzo posible para impedir en lo posible toda actividad destructiva en el mundo.

La actividad de los tres meses pasados ha sido tremendamente alentadora, y tenemos gran esperanza para este año. Como respetamos siempre el libre albedrío de la

humanidad, solamente podemos confiar con su cooperación armoniosa con la Radiación Consciente que es enviada por la ya mencionada Actividad Triple.

Hubo emanaciones de Luz dirigidas por el Maestro
Alto de Venus, Jesús, y el Gran Director Divino, como nunca había visto antes en mi experiencia.

Los que han estado al tanto de mis esfuerzos sinceros
para la bendición de las Américas se han unido a mí ahora
con todo el poder para lograr lo más posible que la Ley
Cósmica y la Ley del Individuo lo permitan. Las Leyes
Cósmicas están dando cada día más libertad de actuación
a esta actividad, lo cual nos alienta muchísimo.

Muchos estudiantes estuvieron presentes anoche, por
lo cual estoy muy agradecido. Hay muchos detalles de la
actividad que no puedo revelar en este momento; pero les
aseguro a todos que fue una maravilla más allá de toda
descripción.

La Gran Hueste de Maestros Ascendidos se une a mí
en Amor, Luz, Bendición y Opulencia para con los estudiantes y el mundo, y que este año no tenga paralelo en
cuanto a su felicidad para la humanidad.

En la plenitud de Mi Amor.

Saint Germain

TITULOS DE
ESTA COLECCION

Impreso en Offset Libra

Francisco I. Madero 31

San Miguel Iztacalco,

México, D.F.